INK INK INK INK INK INK
NK INK INK INK INK INK IN
INK INK INK INK INK INK
NK INK INK INK INK INK IN
INK INK INK INK INK INK
NK INK INK INK INK INK IN
INK INK INK INK INK INK
NK INK INK INK INK INK IN
INK INK INK INK INK INK
NK INK INK INK INK INK IN
INK INK INK INK INK INK
NK INK INK INK INK INK IN
INK INK INK INK INK INK
NK INK INK INK INK INK IN
INK INK INK INK INK INK
NK INK INK INK INK INK IN
INK INK INK INK INK INK
NK INK INK INK INK INK IN
INK INK INK INK INK INK
NK INK INK INK INK INK IN
INK INK INK INK INK INK
NK INK INK INK INK INK IN
INK INK INK INK INK INK
NK INK INK INK INK INK IN

好命女王

胖媽快活日記

目次

【輯二】關於教育

【輯一】

啓程

報告

截至二〇〇七年年底，我在大陸已經出版了八十幾本書。二〇〇一年四、五月間，第一批十五本書首度在大陸出版時，浙江少兒社爲我在北京、上海、杭州等八個大城市辦了一大堆熱熱鬧鬧的活動，此外還要上廣播、上電視、接受平面媒體的採訪，像個大人物似地到處趕通告。

記得在北京時，有一個年輕的記者，是一個剛出校門沒幾年的大男孩，在結束採訪時，突然問了我一個令我意想不到的問題。

「很多問題，一定很多人都問過妳了吧？爲什麼妳看起來好像沒有很煩的樣子？」

他的意思，大概是說我回答的態度還挺誠懇的吧。我想了一想，對他說：「因爲我覺得這是我的工作。」

是啊，很多問題確實是很多記者一問再問的，可是我都得耐著性子，像第一次被問到這個問題一樣地回答。

這幾年來，我也不斷地在回答以下兩個問題：

・妳爲什麼要到大陸去？

・爲什麼要選南京？爲什麼不住北京和上海？

其實，大概十年前我就開始有點兒想離開台灣了。台灣實在是太「吵」了。可是，如果離開台灣，我又不知道能去哪裡？儘管我的親人都在美國，可是我又不可能帶著兩個兒子去投靠他們，再說，我總還是想留在華文世界。

差不多就是在二〇〇一年上半年在大陸飛來飛去辦活動的時候，我才突然有一個想法，咦，何不乾脆搬到大陸來算了？

老實說，如果是在十幾年前，「搬到大陸來」還是有點兒挺難想像（所以，我很佩服那些那麼早以前就來大陸打天下的台商），但是這些年來，大陸確實進步很快，在生活上已經可以說是相當舒適和方便了（特別是在省會級的大城市），而生活費又比台灣要低得多。一般來說，台灣的物價是大陸的四倍左右。

在經濟迅速發展的情況之下，我去過大陸好多城市，感覺上都長得好像，都是好寬好寬的大馬路，好大好大的廣場，好多好多的樓房，而我一向比較喜歡有歷史感的城市。

我是很喜歡北京，可惜氣候實在是適應不了，太乾了。每次去北京，到了第三天，我就開始老覺得在渴死邊緣，不管喝多少水還是渴，屋子裡也要擺好幾杯水保濕，好像保護重點文物一樣，頭髮更是因爲靜電而紛紛站起來，變成很誇張的髮型。

而南京，既有歷史感又比較接近江南，無論氣候還是食物，對於我們台胞來說都比較容易適應。記得一九九七年我頭一回來南京，就挺喜歡的；尤其是已經有六百多年歷史的明城牆，在南京市中心經常可以看得到，感覺好有味道。再加上我的祖籍是江蘇（南京是江蘇的省會），我又有一個姑媽在南京……，總之，選擇來南京似乎是很順理成章的。報告完畢。

打包

每當有人說和我是小學同學，我都要客客氣氣地再問一句：「請問是哪一個小學？」

這可不是因爲我老糊塗，居然忘了自己的母校，實在是因爲小學六年，當年我是念了三個學校才念完的。而之所以會差不多每隔兩年就換一個學校，也絕非因爲我很頑劣，而是因爲在那個時候，爸爸的工作平均每兩年就會陞遷一次；爸爸的陞遷，意味著「我們又要搬家了」。

雖然說是「搬家」，其實也沒啥好搬。我們住的都是公家宿舍，所有大件家具都是公家的，也不能帶走。通常都是爸爸負責整理他工作方面的書，媽媽負責整理全家人的衣服和一些小擺設，很快就可以「清潔溜溜」。到了搬家那天，我們家的東西往往連一輛小卡車都裝不滿，放眼望去，主要都是爸爸的書。

幾年前，我帶著兩個兒子東東丁丁從台北搬家到南京，其實情況和我小時候差不多，也沒啥好搬——除了書和玩具。

我們是在二〇〇二年暑假搬來的。那年上半年因爲工作上的關係，我來過大陸三趟，每一趟都已經帶了二十幾公斤的書啦，可是想帶的書還是很多很多。

我給東東丁丁各買了兩個硬殼皮箱，跟他們說：「你們就各自整理吧，要帶什麼玩具自己決定，反正每個人裝滿兩個皮箱爲止，到時候頂多手上還可以拿一點。」

我一直覺得玩具對小孩很重要，我也一直挺捨得給他們買玩具，現在要搬家，玩具當然要帶走，只是孩子們當然也很理解，他們的玩具那麼多，儘管可以說每一個都是他們的寶貝，但無論如何是不可能統統帶走的，就好像媽媽也不可能把那麼多的書、那麼多的東西統統帶走一樣。

就這樣，我們眞正打包的時間並不久，所謂「打包」，主要也不過就是東東丁丁整理玩具，我整理書。

到了搬家那天，乍看之下，情況和我小時候差不多，也沒啥東西，放眼望去也不過就是幾大箱嘛，但是和我小時候經驗不同的是，我們這回可是越洋搬家，那些「也沒多少」的幾大箱，害我們在機場超重一百多公斤，被罰了兩萬九千多台幣，眞是痛、痛、痛死我了！去指定櫃台繳罰款時，我眞是使出全力，力持鎭定，才不致於臉色煞白，五官扭曲……其實我差不多已經要手腳發軟，口吐白沫了……

這麼多的書，這麼多的玩具，簡直可以說是和我們一起坐飛機來的呀！

越洋搬家

即使已經事隔多年，回想起越洋搬家的那一天，我一方面還感到心有餘悸，一方面也感到很不可思議——就憑我們母子三人，我們是怎麼辦到的？

那天早上，我訂了一個九人座的小巴士，來接我們去機場。車子倒是準時在清晨六點就到了，只是司機先生打電話進來說，他把車子停在巷口，要我們自己出去。

我聽了很著急。「麻煩你還是開進來吧，我們的行李很多。」

這也是我當初要訂一大早班機的原因啊，我想這樣在搬東西時應該不大會影響別人。

司機先生顯然有點兒懷疑。「你們有幾個人？」

「三個，兩個是小孩，」我又強調了一下，「我們的行李真的很多，而且主要都是書。」

書可是最重的了。

他總算不大情願地把車子倒了進來。稍後，當司機先生發現我沒有騙他，原來我們的東西真的很多時，他似乎也嚇了一跳，但是他很鎮定，始終只是站在那兒，一點也沒有要助一臂之力的意思。

那時丁丁才小五，我讓他只負責拿哥哥的小提琴、一大盒CD（裡頭有我們精選出來的幾十片CD），還有一兩件個頭不大的隨身行李，其他那好幾大箱，都是我和國三剛畢業的東東一件一件從五樓搬到一樓，再搬到車上，司機先生只是在旁邊指揮：「這個放這裡，那個過去一點。」

不過，也不能怪人家。說實在話，人家的工作只是負責安全準時地把我們送到機場，確實也沒有義務來幫我們搬行李。

在香港機場轉機時，我們母子三人也是大包小包，十分狼狽。想來這還眞是我們出行最狼狽的一次。在飛機上，當我正一件一件吃力地把行李統統塞進行李艙時，附近有一位太太，皺著眉頭，頗有些不以爲然地問我：「行李那麼多，爲什麼不托運？」

我一時有些啞然。是我們的行李太多，妨礙了別人嗎？其實，我每次出遠門時，行李都很輕便，我是最討厭大包小包的了，可是這次不一樣啊。

我只好老實告訴那位太太：「我們托運的行李更多。我們是在搬家。」

如果我們妨礙了她，我只有在心裡希望她能夠諒解了。

越洋搬家那天，過程之艱辛，現在想來都還歷歷在目。我忍不住這麼想，眞是多虧了東東丁丁，尤其是東東，眞是我的小壯丁！

安居

大陸有一個詞兒，叫做「倒計時」，就是「倒數計時」的意思；如果說什麼事情「已經開始倒計時了」，就是說時間已經非常緊迫的意思。

當初在準備越洋搬家那不到五個月的時間，我就深有「倒計時」的感覺；這可毫不誇張，就在我們出發的前兩天，新屋的裝潢工作才剛剛完成哪。

其實本來我並沒有要買房置產的計劃；我覺得自己好像沒什麼能力買房。二〇〇一年在結束了十幾年的婚姻時，雖然還不致於完全「一無所有」，不過說實話也差不多了，我在經濟方面又向來是一個比較保守的人，總希望銀行裡能夠有一筆安全存款，因此，在當時存款低於安全線的情況下，我最初的想法是，搬到南京後，先租房子，不急於買房。

可是實際一打聽之後，就發覺這個計劃行不通。主要是因爲兩岸房地產公司習慣的做法不同。當時大陸的房地產公司，還不大時興「精裝屋」，在交屋時多半交的是毛坯房，就是什麼基本的裝潢都沒有，就連租屋時，房東租出去的也是這樣的毛坯房，如果房客覺得這樣的房子不能住，就得自己掏腰包出來裝潢，日後如果你不租了，這些裝潢當然大多就形同免費送給房東。

再說，我理想中的住宅面積——東東丁丁一人一間房，我要兩間，其中一間是我期望已久的書房，這樣就至少需要四個房間，再加一間給保母住，就需要五個房間了——這樣大小的房子也很難租得到。

怎麼辦呢？幸好我在南京還有一點點親戚朋友，幫了我很大的忙，比方說熱心爲我打聽房地產資訊，在二〇〇二年年初，得知剛好有一個很好的機會，就咬咬牙乾脆買房算了，而且「一不做，二不休」，乾脆買個「大單元」（有六個房間，是我們台北老家的兩倍大）。反正是用分期付款，我可以老是把貸款換算成是台幣來安慰自己，心想還好還好，這樣的價錢若是在台北，根本不可能租到什麼像樣的房子。

我眞的覺得，無論大人或小孩，都很需要一人一間房，因爲每個人都需要獨立的空間。當然，這是理論啦，有時候由於客觀環境的限制，沒辦法達到這樣的理想，也是沒有辦法的事。

東東自從上了國一之後，就很想要一個自己的房間，現在我終於可以滿足他了。他們對於自己的房間都非常滿意，非常喜歡，喜歡到越洋搬家那一天，才剛到南京、剛到新家，當天晚上，兩個人就很歡天喜地地各自在自己的房間打地鋪（因爲我還來不及買家具）。他們倆向來很黏我，我本來還以爲剛剛搬到一個新環境，恐怕頭幾天他們都要黏著我睡呢。

而我看著當時還空蕩蕩的書房，心中也挺激動；夢寐以求了十幾年，終於有一間自己的書房了，我眞是高興得都要老淚縱橫啦！

置家

就在我們抵達南京之後兩、三天，好久以前先寄來的七麻袋書籍（其中有兩袋是丁丁的寶貝漫畫書），剛巧也到了，至此我們帶來的東西就統統都齊啦。

接下來的當務之急，自然是要趕快採購家具和家電。不過，雖然說要「趕快」，其實也快不起來，因爲畢竟一切都是重頭開始，哪怕是毛巾牙刷也都得慢慢添，有太多東西都需要買。

照大陸的說法，這是在「置家」。置家階段，眞是花錢如流水，爲了自我安慰，也爲了保護心臟，我總是又很阿Q的一看到什麼價格就趕快暗暗換算成台幣，然後很高興地想，還好還好，便宜便宜。

一般來說，台灣的物價大約是大陸的四、五倍。不過這當然也不是絕對的啦，比方說，大陸目前的車價就比台灣要貴得多，而星巴克咖啡則是「全球統一價」。但大體來說，若是就一般的日常消費，特別是若感覺自己是用台幣在大陸消費，那眞的是會覺得很便宜。

以致於在看客廳沙發時，我原本第一志願是一套很輕巧典雅的法式沙發，看看價格，一萬五千多人民幣，至少是一般沙發的四、五倍，但換算成台幣也「不過」才六萬多呀，我看得心癢癢的，又想「一不做，二不休」了，幸好在親戚好心地勸說下（順便一提，在大陸買東西，大家都習慣於一定要拉一兩個「參謀」，愼防被「宰」），我總算及時恢復理智，想到我實在也沒那麼多銀子來「一不做，二不休」了，還是就先買套實用的、過得去的沙發就行了。

再說，大陸一般的日常開銷雖然並不貴，小孩的念書費用（包含一切的教育費用）卻挺驚人。我曾聽過不止一個朋友說，在大陸，如果是一般收入的家庭，光是爲了小孩念書就可以念到「傾家蕩產」。更何況我們是台胞，鐵定要交借讀費，東東念高中要一次性交三萬人民幣，丁丁初中則要一次性交一萬五人民幣（另外每學期的學費就跟當地學生一樣，高中每學期是一千二左右，初中則是三百八左右）。

這三萬和一萬五，對於我來說，就不能算是小數目了。唉，我可愛的法式沙發，再見了，等過幾年再說吧。

我們就這樣一件一件地添東西。差不多一個月左右，東東有一天在家中巡視一番，老氣橫秋地說：「嗯，眞不簡單，來的時候還空空的，現在已經長出這麼多東西了！」

所有家具家電中，最貴的是鋼琴。鋼琴送來那天，聽到那些工人七手八腳、一路呼天搶地地抬上來，我們都覺得好著急，覺得他們實在是好辛苦。這種呼天搶地，多年前我們頭一回買鋼琴時也聽過，不過這次的工人更慘，因爲以前我們是住在五樓，現在則是七樓，比過去還「更上兩層樓」哪！

【輯一】

初來乍到

住在古城的情趣

幾年前當我們剛搬到南京時，經過莫愁湖公園附近，看到一個有趣的地名，叫做「勝棋里」，當時東東還說：「既然有地方叫做『勝棋里』，會不會有地方叫做『輸棋里』呀？」

後來我從書上才知道，「勝棋里」這個地名原來是有典故的。這還得先從莫愁湖公園和位於園內的一座勝棋樓說起。莫愁湖公園在古時候稱爲「横塘」，也稱爲「石城湖」，後來是爲了紀念一位相傳曾經在這裡居住過的少女莫愁，才改爲莫愁湖公園（不過「莫愁女」那個故事挺可怕的，我不打算在這裡講）。早在宋元時期，這裡就以環境清幽、湖水碧綠名震江南，還有「金陵第一名勝」的美稱。「金陵」是南京在古代的別稱之一。

位於園內的勝棋樓，在還沒有這個名稱之前，只是明太祖朱元璋與中山王徐達經常下棋的地方。論棋藝，朱元璋是比不上徐達的，可是每次對弈，徐達必輸，朱元璋知道徐達是故意讓自己，有一次便下令徐達務必要拿出眞實的實力，放開來下。這一盤棋，朱元璋贏了，可是就在他洋洋得意的時候，經徐達提醒細觀棋盤，這才發現徐達的棋子竟排成「萬歲」兩個字！

徐達這個馬屁，可眞是拍到家了！果然，朱元璋龍心大悅，就把這座樓連同莫愁湖及附近一帶統統都賜給了徐達。

這就是住在古城的情趣，到處都有典故。

再舉一個例子。最近從報上讀到有關南京浦口火車站可能將建成影視基地的報導，我這才知道，原來這個興建於一九〇八年、已有近百年歷史的火車站，就是朱自清名篇〈背影〉中的主要場景！

一九一八年的冬天，朱自清就是從這裡啓程去北平求學，他那身材肥胖、穿著臃腫的父親曾經艱難地爬過月台，去爲兒子買橘子。父親艱難攀爬月台的背影，成了文學上永恆的經典畫面。

浦口火車站的月台至今依然保持著民國初年的基本風貌（難怪至少吸引過三十多個劇組來這裡拍戲），兩個高約一點三米的月台中間橫臥著寬約十五米的鐵軌。想想看，當年朱自清的父親就是穿越這樣的鐵軌，再爬上一米多高的月台，去浦口當時最繁華的街道給兒子買橘子，一米多高啊！確實是非常非常不易。

住在古城，經常會有這樣的驚喜，突然發現某個地方原來曾經出現在某一篇或某一部文學作品中，那種感覺實在好奇妙也好親切。譬如，東東丁丁曾經就讀過的中學靠近清涼山，這也是吳敬梓在《儒林外史》中描寫過的地方。

我想，我要花很長很長的時間才可能了解南京大大小小的典故。有一條街，居然叫做「管家橋」，我就很好奇，不知道它的典故是什麼？

南京人説話的方式

有一天，我「打的」回家（就是坐計程車啦，「的」在這裡要唸「ㄉㄧˊ」），車子開得挺快，在快到我家的最後一個十字路口時，正好是綠燈，我看司機老大一路猛衝，怕他衝過了頭，所以，儘管我剛剛已經説過，但仍趕緊再提醒一次：「過了這個路口，麻煩就走慢車道。」

司機老大是這麼回答我的：「我知道我知道我知道不要急。」

這十二個字，差不多是在兩秒之內就講完了。

（東東説，他有一個同學大概只需要花一秒半，所以，他和那個同學簡直無法溝通！）

如果我是剛來南京，我一定會覺得那位司機老大很絕，明明自己急成那樣（要不然他幹嘛講話那麼快？）居然還叫我不要急；如果我是剛來南京，我很可能還會以爲這位司機老大講話這麼快只是特例。但是，轉眼我在南京已經住了五年多啦，我現在總算明白，那位司機老大當時確實是不急，「一秒六個字」是正常速度，而且，他也不是特例，南京人講話差不多就是這樣！

以前總以爲，來大陸嘛，至少語言絕對不會有問題，後來才發現其實不然，語言往往很有問題，最大的問題就是——大陸人講話的速度實在是太快太快了！快到我經常會感到很納悶——他們講話的速度那麼快，舌頭怎麼忙得過來？怎麼不會打結啊？

後來我才知道，講話速度那麼快，舌頭可能沒事，有事的是大腦。有一天，我在報上看到一個新聞，說有兩個婦女爲了一點細故，當街開罵，罵著罵著，其中一個突然昏倒，把旁觀的人都嚇了一跳，趕緊把她送到醫院，後來醫生的解釋，就是說她由於語速太快，導致氧氣吸入不夠，大腦供血停滯，所以才引發暫時性休克昏厥。眞是令人絕倒。

沒辦法，當我們在與大陸人（特別是南京人）對話時，只有多「啊？」幾次；說來也妙，只要你多「啊？」幾次，再配合茫然的表情，對方的語速自然會放慢下來，而只要速度一慢，就算是很重的鄉音，也就不是那麼難懂了。

南京人說話還有一種特殊的語法，老喜歡說「還是啊？」「還懂啊？」

例句一：「你是不是要找家教？」

南京人的說法是：「你（要）找家教，還是啊？」

例句二：「我們下午兩點在洪武路中國銀行門口碰頭好嗎？」或是「可以嗎？」「明白嗎？」「聽清楚了嗎？」

南京人的說法則是：「我們下午兩點在洪武路中國銀行門口，還懂啊？」

更多的時候，他們是把「還是啊？」或「還懂啊？」當成像「哼哼哈哈」之類的語助詞，穿插在句子中，如果你想一一回答「是是是」、「懂懂懂」，那可眞會累死你。

說法

雖然兩岸都是用中文，想像中應該很容易溝通才是，其實也未必，因爲很多東西、很多事情，兩岸的說法都不一樣。我們在南京住的時間也不算短了，一直到現在，我在看報章雜誌時，還經常會遇到很多不太明白的詞彙，不過現在東東丁丁已經常常可以教我了，他們每天都和同學混在一起，學得比我快多了。

我們常常會故意學一些大陸的用詞，三個人鬧來鬧去，覺得很好玩。比方說：

「你們這兩個好樣的！」（意思是，你們這兩個了不起的孩子！）

「你們這兩個馬大哈。」（「馬大哈」，則是「糊塗蟲」的意思。）

「抓緊時間啊！」（這個應該不難理解，就是「把握時間」。）

又比方在對話的時候：

他們倆放學回來，問我今天過得怎麼樣？我經常都是這麼回答：「忙得夠嗆！」

我擔心他們睡眠不足，想催他們睡覺，「今天晚上能不能早一點睡？十一點前能睡嗎？」

他們就會說：「我爭取吧。」（「爭取」，是「儘量」的意思。）

丁丁想多打一會兒電動，跟我商量，見我有點兒猶豫，他就說：「這是體現妳母愛的好機會呀！」（在大陸，好像幾乎不用「表現」這個詞兒，而都是用「體現」；就好像不用「透過」，而都用「通過」。）

有一次，東東急性腸胃炎，可能多少有點兒水土不服，挺厲害的，在家和醫院躺了兩天，等恢復上課那天，我送他出門時，故意用一種正經八百的表情和口氣跟他說：「恭喜你打贏了急性腸胃炎這場硬仗！」

有一年上半年非典期間（SARS，在大陸都叫「非典」），東東告訴我，他也成了「抗非典鬥士」啦，因爲他是班級委員會的勞動委員（就是「衛生股長」），每天放學後要負責在教室噴灑消毒劑。

由於用詞不同，說法不同，剛開始我們要買東西時，經常會遇到困難，人家都不知道我們在說什麼東東。比方說，如果跑進文具店要買「立可白」，就永遠買不到，得說要買「修正液」才行。

很多用詞其實挺有趣的，我們常常會互相交流。最近有一種說法，「自以爲是東方不敗，其實不如白菜。」就是說某人自以爲了不起、自以爲是英雄其實不過是狗熊的意思；這句話就是東東教我的。

不過，老實說，我現在有時不免會有點腦筋錯亂（唉，上了年紀嘍！），上回回台北，和朋友談起現在在大陸很多人都很想買門面房做爲投資，朋友問我，「門面房」是什麼？我還眞的硬是想了好久才想起來，嗳，就是「店面」啦！

稱呼

大概是由於我長了一張忠厚老實的臉，不管走到哪裡都經常被人問路。不過，在大陸被人問路時，面對別人對我的稱呼，眞是好不習慣。

「噯，師傅，江東北路怎麼走？」

「師傅」這個稱呼似乎挺普遍的，可是我到現在一聽到人家叫我師傅，還是有說不出來的彆扭，彷彿馬上就可以看到我自己戴著白色高高的帽子，在那兒拼命揉麵糰的畫面。

「同志」這個稱呼現在已經不多見了，但偶爾還會聽到。有一次，我剛從教育書店走出來，忽然就有一位體格壯碩的女士跳到我面前，聲如洪鐘地問我：「同志！新街口是不是往這個方向啊？」眞把我嚇了一跳。

我碰過最不可思議的一個稱呼，是居然有一位老太太稱呼我爲「姑娘」！我實在太想爲她指點迷津啦，可惜她老人家問的地方我根本不認得。回家後講給東東丁丁聽，還不忘頗有幾分得意地推理道：「一定是因爲我看起來還很年輕，所以人家還會叫我『姑娘』哩，嘿，嘿嘿嘿。」

他們倆都一副要吐的樣子，然後東東結論道：「妳說是一位老太太？她起碼有九十了吧！」（九十看四十幾，當然覺得還年輕！）

在這裡好像都不大叫人家「小姐」，連在餐廳等營業場所，客人若需要什麼服務，都是大呼一聲「服務員！」聽起來好奇怪；朋友告訴我，這是因爲「小姐」這兩個字有特殊含義，往往是指「從事特殊行業的女性」。

不過，我覺得最奇怪的還是那些男士在對別人介紹自己妻子時的稱呼。在台灣，都是說：「這是我老婆。」或「這是我內人。」在大陸，則往往都是說：「這是我夫人。」或「這是我愛人。」

在我小時候，「夫人」兩個字好像還是宋美齡女士的專利哪，很難想像阿貓阿狗也可以把自己的老婆稱做是「夫人」。據說這是男士們對自己妻子表示敬意的意思。（果眞如此，倒也不錯。）

至於「愛人」——眞的好肉麻喲！可是在大陸這眞的是稀鬆平常，連大家在寒暄時也常常是「你愛人如何如何」，或者「我愛人又怎麼怎麼的」。（其實，如果配偶眞的就是自己的愛人，那可眞是婚姻的最高境界——不是都說「婚姻是以感情爲基礎」嗎？）

對我來說，來大陸以後，最有趣的稱呼就是「小管」了。朋友之間，或者應該說只要不是陌生人，不論男女，只要在對方的姓氏上冠上一個「小」字，就是一種最平常也最親切的稱呼。

我不禁想到，當年在我二十四歲初入《民生報》服務時，當時很多同事就叫我「小管」，還喜歡故意用閩南語發音，很好玩；現在，時隔二十一年，我又變回「小管」了！

短暫的青春

忘了是在念國中還是高中的時候，看過一部浪漫喜劇，故事主線是敘述一個中年女子和一個年輕帥哥談戀愛，片名我記得很清楚，叫做《女人四十一枝花》。「女人四十一枝花」，在台灣一直是這麼說的嘛，沒想到在大陸卻有完全不一樣的說法，大陸的說法是「男人四十一枝花」，女人呢？「女人四十豆腐渣」。

頭一回聽到這種說法，我簡直是不敢相信！什麼？豆腐渣？怎麼會這麼——這麼難聽啊！我當然也馬上就想到了自己，如果四十就是「豆腐渣」，那我這「坐四望五」的人豈不是「豆腐渣渣」了？真是豈有此理。

何況，怎麼會把男人比做是「花」呢？多奇怪、多彆扭啊！

後來才慢慢了解到，這主要是指中年男子「身價」和「行情」比較走俏的意思，特別是針對離異男女。

同樣是離異，男人只要不是條件太差，想要再婚是很容易的，女人就有點難了。在大陸，對女人來說，「青春」似乎特別短暫，三十歲不到若還沒結婚就已經被稱爲「大齡未婚」，如果還有過婚史，想再婚自然不容易，若是還帶著孩子想再婚，當然是更難了。不少女性離異之後不想帶著孩子，其實也是擔心會讓男性卻步，大大降低自己再婚的可能性。

當然，也有些社會問題專家指出，女性再婚困難和自己的心態欠妥也很有關係；很多女性再婚時的擇偶標準都是以「氣死前夫」爲原則，就是說想要找一個好得不得了的男人，來把前夫給活活氣死！這麼一來，自然很難，因爲人都是有缺點的，再加上要想長時期地融洽相處，共同生活，關鍵還是在於兩個人的性格能否合得來，不能一味只著眼於「條件」。

除了「三十不到就算『大齡未婚』」，還有另外一個對女性相當刻薄的說法和想法，那就是——「扮嫩」。什麼叫做「扮嫩」？就是假裝年輕，可是你聽聽其中的年齡界限，眞會嚇人一跳——我看過不止一篇文章，都帶著諷刺意味說，女人一過了二十五歲，很重要的一件事就是「扮嫩」……二十五歲?!我的老天爺，二十五歲還多年輕啊，需要「扮」嗎?根本本來就很嫩啊！

所謂「扮嫩」的標準，除了用年輕化的唇膏，還有一條——喜歡穿「學生氣」的衣服，特別是牛仔褲！

照這麼說，我也是成天在「扮嫩」了？因爲我老是穿牛仔褲。其實，我從上大學以來一直到現在，差不多一年到頭都是牛仔褲，碰到有演講時就換一條牛仔裙。以前我還想過，如果要替我弄一個什麼衣冠塚，裡頭什麼都不用放，只要放一條牛仔褲就可以了。

很多人顯然都覺得我「扮嫩」的工夫不錯，在得知我的實際年齡之後，總要誇獎我長得年輕，養得好。有些人還會說：「你們台灣人眞會保養！」或是：「還是你們台灣人會保養！」看來，我也替台灣增光啦！

討價還價

我對數字的概念本來就不強，以前當我是以觀光客的身分花人民幣時，花得根本就不知道東南西北，連在機場喝一杯人民幣六十塊的咖啡都沒有感覺，現在回想起來——哎喲，六十塊！眞是貴死了，簡直是搶劫！

搬來南京之後，很快地我就發覺，老天爺，搶劫的地方多了，主要是因爲——我不會討價還價。

剛開始，有朋友陪我去買東西，我看朋友跟老闆殺得昏天黑地，我眞是渾身不自在，而且也很不以爲然，總覺得朋友太狠了，還義正詞嚴地指教朋友道：「你把人家殺得那麼慘，人家賺什麼呀？人家也要生活呀！」

朋友卻信心滿滿地告訴我：「妳放心吧，『只有錯買的，沒有錯賣的。』」

聽好了，「只有錯買的，沒有錯賣的。」——我後來又從好多地方、好多朋友的嘴裡都聽到這同樣的一句話；看來在這樣一個「漫天要價，就地還錢」的普遍消費文化中，這句話應該被視爲一條最重要的「購物指南」。

媽媽有一年從西雅圖來南京玩，剛到第二天，她在商場看中一個裝飾品，居然還傻傻地問售貨員：「你們這裡可不可以講價啊？」售貨員笑咪咪地說（她當然要笑了，因爲一聽就知道是外地人，她當然要欺生了）：「我們這裡不講價的。」

不過，媽媽後來知道原來「不講價才怪」之後，也沒生氣，反而精神抖擻，鬥志旺盛，從那以後，幾乎天天都出去逛商場、買東西。倒也不是她眞的缺什麼，只不過「逛商場」本來就是她很感興趣的事，而比這更令她感興趣的就是討價還價了。

我看著媽媽每天帶回來的戰利品，再聽她口沫橫飛地描述和售貨員的交戰經過，眞的只有目瞪口呆，大爲佩服的份兒。

既然我沒這個本事，我只敢到少數不講價的超市去買東西。幸好我有請保母，反正很多東西也不需要我自己去買。

我覺得討價還價實在太麻煩，但是既然現在我對物價有概念了（比方說，一般簡餐店的研磨咖啡一杯大約是二十五元，這是可以接受的範圍），我也不喜歡去當冤大頭。

可是，當有老朋友從台灣跑來南京看我，找我玩時，我變成是主人了，如果客人想買什麼東西，我會覺得自己有責任和義務保護朋友，不讓朋友被亂宰，那麼該怎麼辦呢？

有一個簡單有效、可大大減少損失的辦法，那就是——我只要一直喊「貴」就行了。

「好貴！太貴了！真的太貴了！」就這樣亂叫一通。

這一招還是東東教我的，嘿，還眞靈，我一叫「貴」，店主就會自動把價格一直降哩。

再談討價還價

自改革開放以後，大陸的社會有了天翻地覆的變化。在這樣巨大的變化中，很多新興行業也應運而生，其中我覺得最有趣的莫過於「短信寫手」和「職業砍價人」了。

今天我就想從「職業砍價人」再談一下討價還價。

你瞧，連「砍價」都可以成爲一種職業，一種專業，就可看出在這裡買東西有多難！

我在電視上看過這些職業砍價人，以男性居多，他們多半都是一付上班族的模樣，穿著西裝，腋下夾個包，只不過有的看起來衣冠楚楚，有的則是「衣冠楚楚的失敗版」——這是因爲他們身上的西裝太邋遢、太難看了。

（順便一提，大陸的男人好像都很喜歡穿西裝，連小工、農民都經常穿著廉價西裝，看起來實在好奇怪。）

厲害的職業砍價人不是靠嗓門大，而是靠「知識面比較完整，也比較全面」，懂衣服，懂皮件，懂建材，幾乎要什麼都懂，這樣才可以看出老闆報的價到底摻了多少水分，其次，要很有耐心，不但陪雇主買東西有耐心，砍價時更需要耐心，懂得和老闆慢慢磨、慢慢談，最後才能在談笑間把價格一路往下砍。

如果只是仗著嗓門大，只會兇巴巴地亂砍，而且又被老闆聽出來你對想買的東西其實根本不懂，這麼一來，老闆所開的價格往往就很「死」，怎麼砍也砍不動。

職業砍價人當然是要收費的，通常都是先和雇主談妥了之後再行動。

如果不想找職業砍價人，有沒有什麼自保之道呢？以下謹提供三條教戰守則，是來自於很多朋友對我好心的指導：

・看中什麼，千萬不能兩眼發亮，面露喜色，一定要面無表情，一副毫不在意的模樣。

・不管老闆開多少價格，先攔腰一砍準沒錯，然後再視情況慢慢往上加。

・若覺得這樣慢慢磨價格太麻煩，也可採取單刀直入法，直接問老闆：「你的最低價是多少？」然後說：「我們互相照顧，我也不跟你講價了，你告訴我最低價，你多少賺一點就是了……」

據說只要會了這三招，把這三招使得爐火純青，差不多就可以買遍天下！

很多大陸人在出國購物時也都喜歡（或是習慣）採用這三招。不過，出門在外用起來可要特別當心。在雅典奧運期間，有一個大陸記者，事先準備好一些卡片，寫好幾句重要句子的希臘文翻譯。有一天，他在街頭向一位女士問路，本來要拿「請問奧運主會場怎麼走？」的卡片，沒想到忙中有錯，居然拿出「請出示你的最低價。」差點兒沒被那個女士K得滿頭包！

搞

有一個字，我很不喜歡，偏偏在大陸應用得非常廣，那就是「搞」。

多年前在一次交流活動中，有一位教授一本正經地問我：「妳是搞什麼的？」我一聽，簡直就不想理他。我知道我應該這樣回答：「我是搞兒童文學的。」可是我實在是說不出口。

什麼叫做「搞兒童文學」呀？真是難聽死了。然而大家都這麼說；你搞童話，我搞小說，他搞民間文學，反正就是「從事」的意思。

我還很怕人家老這麼問我：「妳一個月能搞多少錢？」這種問法，好像我是壞蛋，其實，「搞錢」就是「賺錢」的意思。

順便提一下，我感覺一般大陸老百姓最普遍的話題只有兩個，無非是「小孩的學習」（就是小孩念書問題），其次則是「如何搞錢」。這個感覺和台灣眞的很不一樣。尤其是近幾年以來，台灣老百姓差不多人人都是「政治評論員」，大家開口閉口都是政治。

「搞」這個字，在大陸的用法實在是太多太多了。

在餐廳，你會聽到有人說：「搞一個尖椒牛柳來！」

在公園門口，會有人說：「搞兩張成人票。」

在蛋糕店，有人會說：「上面搞幾個字……」

（不過溝通時千萬要小心，曾經有一個年輕人指著蛋糕樣品上一小堆奶油花說：「把這個搞掉，再搞一個阿拉伯的50。」在他的想像中，蛋糕上應該是「50生日快樂」，他是要送給媽媽，慶祝媽媽五十歲生日的，沒想到後來做出來的蛋糕，上面的奶油字寫的竟然是「阿拉伯的50」！其他什麼字也沒有，眞是令人欲哭無淚。）

此外，大馬路「搞綠化」，城市「搞形象工程」，專家們「搞研究」，學校「搞樂捐」、「搞獻血」（就是「捐血」），民警「搞調查」，某某領導說「這次活動一定要搞好」（就是「一定要辦好」）……哎呀，反正就是搞來搞去，東搞西搞，搞個沒完，把我都給搞暈了！

以前，我對「搞」這個字的應用，頂多只不過是「搞什麼嘛！」、「搞什麼名堂！」、「搞不懂！」等寥寥幾句而已呀！

在所聽過一大堆帶「搞」這個字的應用中，我最能接受的一種說法是——「瞎搞！」

如果看到好多亂七八糟、不合章法的現象或問題，只要冷冷地斥責一句「瞎搞」，我感覺眞比說「搞什麼嘛！」「亂搞！」「亂來！」等等這些話，要來得有力多了。

再談「搞錢」

在一個英語教學的電視節目中，一個中學生問外籍教師：「David老師，如果我們碰到外國人，想和他聊天，該聊什麼話題才好呢？」

David老師說：「其實聊什麼都沒有關係，只要別問人家一個月能搞多少錢就好了。」

我看了眞是忍不住笑出聲來。看來這位David老師一定也經常被人家問這個問題；就和我一樣。

其實我覺得人家問這個問題，多半只不過是出於好奇，也不見得就是故意要打探你什麼；至少我的感覺就是這樣。

比方說，當人家知道我是一個「作家」，第一個反應大概是「作家是幹什麼的？」（有一次，有一位邊防官還問我：「妳寫的東西有出版嗎？」當時我眞想說：「有是有，不多啦，到現在為止只不過兩百多本而已！」）接下來，當人家知道我沒有固定單位，沒有地方去「坐班」，人家想到的可不是「好自由噢！」而是一種困惑——沒有固定單位，不就表示沒有醫療保險、沒有退休金……那不是完全沒有保障？那怎麼行！而且我還要養兩個兒子，怎麼養得起啊？於是乎，脫口就問：「那妳一個月能搞多少錢啊？」

我只能含蓄地回答：「不多不多，夠用就是了。」接著，人家也不會再問，只是用讚賞的眼光看著我，連連說：「嗯，有本事有本事，有文化果然不一樣。」

有時我都很想反問一句：「你猜我一個月能搞多少呢？」我會想這樣問，也是純屬好奇；因為大多數人從來也沒認識過什麼作家，我有點好奇，在一般人的心目中，「作家」的身價應該是多少？

當然啦，不可否認的是，大陸人習慣於出口就問人家搞多少錢，往往也反映出一般人缺乏「保護隱私權」的觀念。

有一次，在電視上看到一位教授講有關這方面的事，他說：「咱們中國人見了面，互相問候，以前是說『吃飽了沒？』現在大家的生活好了，不大再有吃不飽的問題了，所以現在都是問『上哪兒去呀？』其實這句話就是觸犯了隱私權，我去哪裡幹嘛要告訴你啊，也許我現在要去的地方就是不想讓人家知道呢？」

此外，大家都關心搞錢，確實也是現在的生活壓力愈來愈重。我聽朋友說，一般的工薪階層，一輩子省吃儉用，頂多只能辦好兩件事，一個是買房，另一個就是供小孩念書（所以，就算沒有人口政策，也沒多少夫妻願意要兩個孩子！）

這些年來，房價和教育費用都迅速飛漲，漲到令一般小老百姓瞠目結舌的地步。一個原本尚可稱小康的家庭，只要一買了房，就會迅速「返貧」（因此，如果要害人，就鼓勵他買房）；而一個普通家庭，爲了供孩子上大學，經常得背上沉重的債務……有時看多了、聽多了這樣的事，眞的很難過。

連東東都跟我說過：「幸好妳會搞錢，我眞該好好念書！」

愛情何價？

搞錢，搞錢，在大家都想搞錢——其實也就是大家都想發財的情況下，不免就會發生不少光怪陸離、甚至是令人唏噓不已的事。

比方說，一對戀人，非常相愛，可是受到某一方（通常是男方）家長的反對，這個「有幾個臭錢」的長輩，爲了拆散小倆口，便偷偷找到純潔的女孩，許諾要給她一大筆錢，條件是她必須立刻離開自己的兒子，可是女孩不但斷然拒絕，還義正詞嚴地發表一大篇演講，說什麼金錢不能買愛情，此舉是對愛情的嚴重褻瀆等等……這原本是言情小說中大家都很熟悉的情節，可是現在若放在現實生活中，可能完全不是這麼回事。

現在，如果是一對已經「確立戀愛關係」的男女，一旦面臨分手，往往就會談錢；這似乎已是一種家常便飯。

而且，之所以會談錢，並不一定是因爲兩人合夥做了什麼生意之類；哪怕兩人沒有工作上的糾葛，也沒有共同置產，往往也會談錢。這個錢，其實就是形同「分手費」，通常是由女方提出，但是名稱不叫「分手費」，而是叫「青春損失費」！

也有一些沒出息的男人，居然會向女方索討「陽剛損失費」！

更俗氣的是，現在在「談對象」，「確立戀愛關係」之初，著眼於對方「有沒有本事？會不會搞錢？」似乎也愈來愈普遍，愈來愈被視爲「理所當然」。

錢在愛情中這麼重要，那窮人談戀愛怎麼辦呢？我看過一個故事，一對窮戀人是用虛擬的方式來解決。

這對戀人生活在社會底層，幾乎是以拾荒爲生，都是三十來歲。男的說其實他是泥水匠，有一技之長，不是不能出去搞錢，只是女的黏得太緊，不願讓他離開視線，所以堅決不肯讓他出去找工作，寧可兩人拾荒。爲了確保男友永遠不離開自己，女的還要男友寫下「保證書」，說如果分手，將支付她青春損失費五萬、八萬、十萬！陸陸續續寫了十幾張以上！

可是後來男的還是走了，女的居然還眞的拿著一張所謂的「欠條」，要求男友支付她十萬塊！不過這張欠條當然被認定是無效的，只不過是一場「扮家家」式的「愛的保證」。

還有一對男女，都在打工，一起努力工作，努力搞錢，希望早日存夠錢之後好結婚。有一天，兩人逛街時心血來潮買了一張「體彩」（體育彩票，就是「樂透」），在「一票在手，希望無窮」的氣氛下，兩人開始大作白日夢，幻想著如果中了大獎，獎金要用來做什麼……

隔了沒多久，這對戀人由於對這虛擬的一大筆獎金分配意見不同，兩人愈講愈氣，吵了起來，到後來竟然還在街頭大打出手！

旁觀的人都說，乖乖，這對小倆口也眞是的，爲了想像中的錢就能吵成這樣，如果眞讓他們中了獎，那還不鬧出人命不可！

換位子

曾經讀過一些文章，都在描述一個人旅行的情趣。我獨自出門的機會應該不算少，但直到現在仍然體會不出一個人旅行有什麼情趣。我的理由很單純也很實際，一個人出門在外實在是太不方便啦，連要去一趟洗手間，如果不想大包小包的全部背進去，就得物色一個面容和善的熱心人士，拜託人家幫你看行李。

要是有伴，一切都會方便得多，什麼都有個照應。除非那個伴是超級可厭，否則我還是喜歡有伴。

特別是在大陸，如果你是一個人坐火車或大巴旅行，那眞是不方便到極點。問題主要出在售票系統上，或者應該說是出在售票員一種心態和一種習慣上，怎麼說呢？如果你買兩張票，票拿到手裡，仔細一看，嗯，沒錯，是連號，是在一起的，可是上了車往往就會發現，老天爺，原來只是號碼相連，座位並不相連！這個時候，大概大多數人的反應都是：「沒事，找人換一換吧！」

有一次，我在買車票時，特別要求兩張票的位子要在一起，售票員說：「是啊是啊，是在一起啊！」但是上車一看，眞是豬八戒！還是只是號碼在一起，位子根本不在一起。

奇怪的是，好像只有我對這樣的事這麼介意，大家都無所謂，於是乎，上車之後，總要忙亂好一陣子，換來換去忙個沒完。而理所當然似乎應該配合換位子的，就是獨自旅行的人。很多人都會這麼想，反正你是一個人，坐在哪裡不都一樣？當然應該讓別人方便方便！

有時，配合一次還不夠，才剛坐定呢，又有人來要求換位子。有一次我坐火車，看到有一位超有耐心和愛心的老兄，在開車十分鐘之內，居然從車頭一直換到車尾。

當然，也不是每一個單身旅客都肯配合。有一次我和東東去上海，又是兩張「連號不連座」的位子，眞是讓人發瘋！結果我想和別人換就沒成功，害我一路上眞是氣悶不已。

坐飛機在這方面的情況就要好得多，至少我和東東或丁丁一起坐飛機時，劃到的位子都是相連的，我一個人坐飛機時也很少碰到有人要求換位子。

印象中只有一次，我已坐定好一會兒了，一個老兄走過來，看看機票上的號碼，再看看機艙上的指示，嘟噥一句：「靠窗呀……」接著，他看看坐在靠走道位子上的我，突然語出驚人：「姑娘，給妳一個靠窗的位子！」

我看了他一眼，告訴他：「我的位子是這個。」

他居然還不死心，「妳們姑娘不是都喜歡靠窗的位子嗎？換一下吧！」

「對不起，不換。」說完這句話我就不理他了。

開玩笑，想跟人家換位子，口氣還這麼硬？再說，老娘就是喜歡靠走道的位子，你如果也喜歡靠走道的位子，那你應該早一點來機場劃位嘛！

南京的「媽祖廟」

當我頭一回聽說南京有媽祖廟時，心裡眞覺得挺納悶的，因爲，南京是一個內陸城市呀，儘管有山有水，但所謂的「水」，除了玄武湖、莫愁湖、月牙湖等大大小小的湖泊之外，主要就是秦淮河（長久以來一直被稱爲是南京的「母親河」），此外，滁河及長江都經過南京，總之，南京不靠海，可是在我印象中媽祖娘娘不是都在沿海嗎？

後來我才知道，在南京不叫媽祖廟，而叫「天妃宮」，在市內的獅子山風景區裡。天妃宮始建於明永樂五年（西元一四〇七年），是在鄭和第一次下西洋平安歸來以後，明成祖朱棣爲了褒揚天妃護佑所敕建的。明成祖朱棣是一個非常大氣的君主，就算面對神明，口氣還是不小，所以現在才會留下「褒揚天妃」這樣的文字紀錄。

媽媽去年來南京玩時，說想要燒香，我就陪她去了天妃宮。東東丁丁也一起同行。他們對天妃宮的第一印象是：「怎麼會這麼新？不是說有六百年的歷史嗎？」這是因爲最初的天妃宮歷經戰火，早已幾乎全毀，只剩下那塊天妃宮碑仍保存完好，後來移到旁邊的靜海寺內。現在所看到的天妃宮，是在二〇〇四年開始在原址重建的，當然很新。

不過，新歸新，幸好並不俗，再加上一般觀光客不會往這裡跑，若不是特殊的日子，聽說人都不會很多（我們那天去的時候人就不多），就不會有那種喧鬧的感覺。

旁邊的靜海寺，也挺清靜。這也是二十年前才在原址復建的。始建於明永樂九年（一四一一年），是在鄭和第二次下西洋平安回來之後所建，「靜海」是「四海平靜」的意思，鄭和晚年曾經一度在此生活。

靜海寺還有一個關於南京條約的史料陳列館。在鴉片戰爭失敗之後，靜海寺就是中英雙方談判議約的場所。走著走著，我們少不得又談起好多歷史方面的話題。我也想起以前在學生時期，最怕念清朝的歷史，總覺得這個條約那個條約的怎麼背也背不完，印象中清朝似乎就是「昏庸」、「腐敗」的代名詞，其實在清初中國還是當時全世界最強大的國家。

中國後來到了十九世紀下半葉爲什麼會變得那麼弱，成爲列強侵略的對象？主要是錯過了工業革命。許多歷史的機遇就是這樣，稍縱即逝，只會令後人扼腕……

我愈想心情愈沉重。而媽媽還在身邊抱怨「怎麼大陸的廟都沒抽籤？」媽媽向來喜歡往廟裡跑，但其實她並不是佛教徒，她只是喜歡抽籤，而說來也怪，她抽籤的「手氣」一直非常好，十有八九都是上上籤，然後她再喜孜孜地拿著籤條去聽解籤人誇獎她很好命，但接下來她少不得都要埋怨其實自己很命苦，最後再把周圍的人全部罵一遍。

我跟媽媽說，這裡不時興抽籤也好（之前我們去了南京市內另一座古寺雞鳴寺，那兒也沒抽籤），聽說按農村的習俗，凡是抽到上上籤要送一斤菜油到廟裡，如果是這樣，那媽媽不知道早就欠菩薩幾百斤菜油了！

咖啡館

說眞的，我挺懷念台灣的咖啡館。特別是那些店面不大，但佈置雅致的所謂個性化的咖啡館。

大陸當然也有咖啡館，比較好的咖啡館很多都是台商開的。南京雖然不像上海、杭州那麼「洋氣」，當然也還是有不少咖啡館。不過，在這裡坐咖啡館的感覺實在很不一樣。

首先，是一個人——特別是一位女性單獨坐咖啡館的情形比較少見。我有過幾次同樣的經驗：當我走進大門，服務生迎上來問：「幾個人？」我說：「一個人。」接下來，服務生居然還會再問：「另一個什麼時候來？」當我說：「沒有了，就我一個人。」的時候，服務生往往還會再重複一次：「沒有了？就妳一個人？」好像生怕聽錯。

有一天晚上，我在圍棋教室附近的咖啡館等東東下課，隔壁桌是一個女孩，神閒氣定地獨自坐著喝飲料、看雜誌，一坐就是半個多小時，而且我進去的時候，從桌上的飲料看來，她應該已經坐了一陣子了，我心想眞難得，居然碰到也是一個人坐咖啡館的女生。不過，又過了好一會兒，一位男士進來，從他們的交談中我才聽出來，原來女孩實際上不是一個人，她是在等遲到的男朋友！男朋友說是應酬去了，喝多了就忘了。當時我眞想雞婆地對那個女孩說，這種男人，妳還是趁早甩了吧！

這裡的咖啡館普遍空間都很大，動輒就兩、三層樓，環境都不錯，幾乎都是軟軟的沙發座。坐在這種椅子上吃飯，我總覺得椅子和桌子的高度不大對勁，可是若要長時間久坐就比較舒服。通常，坐咖啡館的人都是久坐，而且以四個人一起久坐的情況最爲普遍。爲什麼是四個人呢？當然是爲了打撲克牌！打撲克牌在大陸簡直是全民運動，無論男女老少，幾乎都會打。

這大概也就是爲什麼咖啡館裡的一杯咖啡或一壺茶會和一份簡餐（主菜還是滑蛋牛肉之類）的價格居然會差不多！有一回我點了一份簡餐，主菜是素的（香菇菜心），還有湯和小菜、水果，價格竟然比一杯咖啡還要便宜十幾塊！感覺實在好奇怪。之所以喝的東西會顯得偏貴，就是因爲大多數人都不是喝一喝、聊一會兒就走，飲料的價格實際上還包含了「位子」的費用吧。

如果是換算成台幣，眞會覺得在咖啡館裡吃份簡餐（包括牛排啦、義大利麵啦等西式簡餐），再來杯咖啡，實在是挺經濟實惠。實際上，最「划算」的就是「賺港幣、台幣，然後用人民幣消費」了！可是我們在咖啡館裡總不會待太久，往往都是吃飽喝足、稍坐一會兒就走人，原因無它，只因爲這裡的咖啡館普遍都還沒禁菸哪，實在不宜久坐。反正我們又不打牌。

「娃娃臉」的天氣

同樣是夏天，但台灣的海島型氣候，大陸（至少是南京這裡）是大陸型氣候，熱起來的感覺就是不一樣。

在台灣，那種熱，是濕答答、黏呼呼的，要不停不停不停地擦汗！不久前（五月下旬）我有事回台北一趟，台北已經開始熱了，令我重溫了要不停不停不停擦汗的感覺，面紙的消耗量實在很大。

在南京，最熱最熱的時候，雖然不必一直一直一直擦汗，可是也很可怕，只能死守在冷氣房裡，一走出冷氣房走到沒有冷氣的地方，比方說當我從書房走出來要泡咖啡，那個熱的感覺啊，眞像是立刻走進了蒸籠似的。

不過，我覺得這種熱倒也不難適應，而且幸好有四季的變化，夏天也很快就過去了。一開始我們對冬天比較難適應，畢竟台北的冬天不會下雪，從來不曾這麼冷過。

像什麼一覺醒來外面已是一片銀色世界、早上熱車要熱十分鐘、車子前面的擋風玻璃經常結冰等等，都是我們過去從來沒有過的經驗。

除了冷，還有一些經驗也很特別，也需要適應。

比方說，濃霧。有時清晨起來，往窗外一看，居然是白茫茫的一片！開起車來更是驚心動魄，由於能見度不到三十公尺，總是要開到紅綠燈前面才會突然看到紅綠燈。我這才體會到，所謂「伸手不見五指」，原來不只是在黑暗中，身處濃霧之中居然也很適用。

還有，偶爾會碰到一些氣候突變，眞是詭異得不得了。

有一年四月下旬，我經歷了一次最詭異的天氣。那天下午四點半左右，原本天空非常晴朗，甚至還有些炎熱，氣溫直逼攝氏三十度；後來看了報導才知道，南京北郊此時已突如其來地下了一陣豆子大的冰雹，連同九級狂風和濃密的黑雲，正悄悄向南京城區壓頂而來……

十五分鐘之後，我想該準備去學校接東東丁丁了，從稿件中抬起頭，這才突然發現——天哪！怎麼天黑了?!不可能呀，趕緊看看時鐘，五點還不到呀！可是感覺上卻好像已經七點多了。

我匆匆下樓，一走出樓梯間，立刻感受到強烈的狂風，連行進都有些困難。鑽進車子，小心翼翼地出發，心裡十分茫然，搞不懂這天氣是怎麼回事？想到東東丁丁都坐在教室裡，安心許多。

才開了一小段路，在狂風的帶動下，黃豆大的雨點嘩啦嘩啦地灑了下來，緊接著是黃豆大的冰雹，沒頭沒腦地直落。行人紛紛抱頭鼠竄，路邊的自行車一排排倒下，被冰雹砸中的汽車防盜器震天價響、此起彼落，這個時候，狂風暴雨愈來愈急，雷聲愈來愈密，冰雹也愈來愈大，已經有如蠶豆那麼大了！（那年北京還出現了幾十年罕見、最大有如雞蛋那麼大的冰雹，實在嚇人！）

然而，從起風開始，不到半小時居然就統統都結束了，天色大亮，天邊還出現了彩虹，完全是雨過天晴的美麗景象。

在大陸管這種詭異的天氣叫做「娃娃臉」，想想小孩子往往會一會兒哭、一會兒笑，這種形容還滿傳神的呢。

南京人與法桐

每一個來過南京的人，都對南京的法桐（也就是「法國梧桐」）印象深刻。猶記一九九七年我頭一回造訪南京時，也是因法桐而對南京留下了相當不錯的印象。

法桐的學名叫做懸鈴木，原產印度、美洲和東南歐，由於最初是由法國人種植於上海，所以大陸一直稱之爲「法國梧桐」。

其實，以南京的氣候條件和地理位置，可選擇的行道樹很多，但南京人對法桐似乎情有獨鍾。幾年前，有一項由南京市民所評選的「南京的十個文化符號」，法桐就是其中之一。這也許可以說明雖然南京行道樹的種類很多，但數量最多的還是法桐。

好一陣子以來，由於要讓道給地鐵二號線（一號線已於二〇〇五年十月中通車，南京成爲大陸第七個有地鐵的城市），有一百九十棵法桐必須搬家。這件事引起市民極大的關注，報上經常會有相關的報導。

一次性要給一百多棵大樹「挪窩」，這在南京的歷史上確實是一件大事。這些大樹要往哪兒移，怎麼移，能存活嗎？這一連串的問題，深深牽動著大家的心。

事實上，最初的計劃是要一次性遷移一千零六十五棵大樹！後來就是考慮到廣大市民對法桐的特殊感情，再加上許多市民不斷陳情，因此再三研究其他可行的方案，終於降到了只挪七百多棵、三百多棵，最後又降成一百多棵。爲了這樣的決定，南京市政府至少必須多投入五千萬人民幣（因爲有三個地鐵站都得重新調整），而且還鄭重向市民保證，遷移的一百九十棵大樹一棵都不會死，三年之內，一定如數遷回。

大樹搬家的時候，好多市民都自動跑來監督。當然啦，大陸人好像本來就很喜歡看熱鬧，一點點芝麻綠豆的小事也馬上就會聚集了一大堆人，不過，「監督法桐搬家」應該還是有不少感情成分。

「一定要保證這些樹成活哦！」市民們一直不斷叮嚀著施工人員。

還有好多市民都說，是特別趕來和這些「老伙計」暫別。「老伙計」有「感情很好的老伙伴」的意思，由此也可見南京人對法桐的感情眞不是蓋的。

南京人除了享受法桐的遮蔭（有好多條以法桐爲行道樹的馬路，都像是美麗的綠色長廊），其實南京人也吃夠了法桐的苦頭。特別是每年從四月下旬開始，一直到五月底，法桐都會下起惱人的「毛毛雨」。這是因爲春風吹過之後，法桐乾枯的果子的毛絮就會被風吹得滿天飛舞，那幅景象可眞是壯觀！這些毛絮一旦黏在人身上很容易就使人過敏，而且很快就出現打噴嚏、眼睛紅腫以及嗓子腫痛等症狀，令人苦不堪言。

怎麼辦呢？從一九九六年起，有關部門就採用將少果法桐枝條嫁接到現有行道樹的方法，來整治「毛災」，去年又開始採用高壓水槍來沖刷果毛，總之，就是想盡一切辦法也要與法桐和平共存。

南京人眞是愛法桐啊！

出行

在還沒有買車之前，或者應該說對南京市還不熟的時候，我如果要出門，都儘可能避開尖峰時間，然後儘可能坐「公交車」（就是「公車」）。

我不大喜歡「打的」。其實，「打的」並不貴，起步價是三公里人民幣八元（換算成台幣才三十九塊！害我現在回台北，計程車是愈來愈捨不得坐了），但是一來因爲這裡「打的」的習慣不同，二來在路不熟的情況之下，我很怕人家會欺生，故意繞遠路。

在這裡坐計程車，乘客都是從最前面（也就是司機旁邊的位置）開始坐起，哪怕只有一個女客，也是坐在司機旁邊。這種坐法，我到現在還是覺得好彆扭，還是不肯入境問俗，所以我都是坐在後面，這一坐，再加上我對路不熟、以及我的口音，就更讓人覺得我是一個觀光客。當然啦，其實有很多的計程車司機（南京人叫做「的哥」、

「的姐」）都是好人，計程車司機拾金不昧、熱心助人的事時有發生，可是這裡確實也是一個「防人之心不可無」的社會，「觀光客」往往都是「待宰的羔羊」，我不喜歡這種感覺。反正我又不趕時間，更主要的是，公交車眞的很方便，所以我還挺喜歡坐公交車。

對於一般老百姓來說，最普遍也最方便的交通工具有三個，一是自己的腳，二是自行車，三就是公交車。或許就是因爲公交車是廣大市民很重要的交通工具，所以這裡的公交車系統做得實在挺不錯。

首先，是公交車網路四通八達。南京也不小，比台北市還略大一些，可是不管你要去哪裡，如果一趟公交車到不了，頂多換一趟，差不多就可以到了。

其次，是規則很清楚，都是無人售票車，一票到底（一般公交車一元，空調車兩元），而且都是「前門上，後門下」，乘客從前門上車之後就自己丟銅板或刷卡（學生票、老人票和殘障票當然都有優惠）。公車站牌也很容易看得懂。

在路不熟的時候，坐公交車正好可以慢慢認路，慢慢熟悉環境，知道哪裡有什麼商店，想做什麼、想買什麼才知道該往哪裡跑；坐在公交車上，最適合處處留心，累積生活資訊。

對了，還有一點也很有趣，在大陸不管是開的士或公交車，女司機都很多。有一次，我在一個公交車總站站牌前等車，看到一位紮馬尾的女士經過，她穿著一件紅色的羽絨衣，足登皮靴，還戴著一副大耳環，看起來好像是要去赴宴，不料過了一會兒，她竟然開了一輛公交車出來。

連小學的英語課本上都會有「我的媽媽是公交車司機」這樣的例句呢，實在是好酷。

溫馨接送情

老實說，本來我沒打算在大陸買車的。一來大陸的車價太貴（不過正在逐步合理），二來是搬到南京之後，我的生活方式和以前大不相同。

以前在台北時，經常有人找我演講啦、開會啦，再加上我又喜歡和朋友們小聚，那時每個禮拜我都得刻意留下兩到三天不出門，乖乖在家寫功課，現在在南京，我則除了偶爾要出遠門講課、辦活動之外，平常幾乎天天不出門，甚至常常幾天都不下樓；既然這樣，我何必還要買車？還是省點兒銀子吧。

但是，就在我們搬到南京快要一年半，也就是第二個冬天快要來臨的時候，我還是咬咬牙，買了一輛新車（二手車的品質太沒保障了）。主要是爲了東東丁丁。

南京的冬天會下雪，最冷時是零下六、七度，對我們這些從小生長在亞熱帶地區的人來說，實在是已經夠冷了。在我們搬到南京剛剛半年，冬天來了，看著東東丁丁每天一大早都冒著嚴寒出門，直到天黑又冒著嚴寒回來，我眞是心疼死了，所以決心還是要買輛車，至少在冬天可以接送他們上下學。

剛開始，東東還不肯坐哩。他還挺喜歡騎腳踏車，再加上在大陸有私家車的家庭畢竟還是少數（但是不騙你，正在以驚人的速度成長！），總之，東東擔心萬一被同學看到，好像會不會太囂張了？而且，會不會以爲他是「溫室中的小花」呀？不過，東東看我那麼想接送，爲了不要讓我傷心，總算放棄了要當「寒風中的臘梅」的念頭，還是同意要坐「媽媽專車」了。

丁丁倒是從一開始就很高興，現在更是連不怎麼冷、也沒下雨的時候，也要求我接送。

我的駕齡已有十幾年（這其實也沒什麼了不起啦，畢竟已經有一大把年紀了嘛），以前東東就曾經誇獎我，說如果要考「台灣地區十大駕駛」，我一定考得上。以前帶他們倆去美國玩時，我也不止一次租了車子，自己帶著他們跑來跑去。但是在大陸一開車——嘿，他們對老媽可是更加佩服啦，因爲，大陸的交通——怎一個「亂」字了得！

行人、腳踏車、小汽車、大汽車老喜歡逆向而行，胡亂穿越馬路；計程車可以在任何地方（包括快車道上）突然上下客；大家都崇尚「彈性」，認爲不必太「機械」，比方說，如果一個路口沒有「電子警察」，也沒什麼車的話，就算現在是紅燈，也是可以通過的！

在報上看到過一個西方記者的報導，說從交通亂象就可以充分看出，大陸老百姓的心中差不多都是「無政府狀態」！

東東還曾經打趣道，這裡的駕訓班是不是也要雇很多人，讓他們或者走路或者騎腳踏車在場子裡亂穿，來模擬眞實的道路情況呀？

可是我聽過很多人還洋洋得意地說，能在大陸開車，就能在世界上任何一個地方開車了，哈哈哈哈；我眞想說，老天爺，這句話可不是褒獎哪。

駕照

我買車的時候，沒怎麼考慮過駕照的問題。問過一些人，大家都說，很方便啊，境外人士（特定指港澳台同胞）可以憑著原本的駕照去車管所（相當於我們的監理所）直接換一本大陸這裡的駕照就行了，根本不用考。

這項資訊大體上也沒錯，只是忽略了一個重要前題——必須是擁有一年以上暫居簽注的境外人士，才能去直接換證，而且，也不是完全不用考，只是不必考路考，筆試也就是交通法規部分還是要考的（我覺得這也很合理）。

問題是，當時我還沒有暫居簽注哪，我持的是最基本、最普遍的觀光簽證，是三個月一期，但最多可延簽兩次。

當我成了有車階級，興沖沖地開到車管所，打算換一本駕照時，這才赫然發現——哎呀，原來我還沒法換！

這可怎麼辦呢？當然是只好「涼拌」。管他的，就無照駕駛吧！

我就這樣無照駕駛了將近一年。當然，沒有駕照，心裡還是挺虛的，只敢在市區內跑跑，頂多開到接近市郊的中山陵，不敢上高速公路。有一回，我迷路，看到不遠處有一個交警，也不敢去問路，生怕他老兄指點迷津之後萬一心血來潮要看我駕照，那可就糟了。在大陸「無照駕駛」的處罰是很重的，還會拘留呢。

到了二〇〇四年秋天，我到出入境管理局想辦觀光簽證延簽時，意外得知政策法令改了，又更寬、更方便了，連我這樣既不是台商，也沒有上班，也沒有置產的人（因爲我買房時是用親戚的名字），現在也可以用「伴讀」的名義來申請暫居簽注了！（感謝東東丁丁！）

我大喜過望，辦好暫居簽注之後，第一件事就是衝到車管所去考駕照！

考試之前，我當然有所準備，從朋友那兒借了一本交通法規，雖然是一年前的，但我以爲應該差不多吧，沒想到K了一個晚上去考，居然只有七十八分！（要九十分以上，電腦螢幕上才會出現一朵大紅花，表示及格。）

因爲考題中有很多是我在那本交通法規上沒看過的內容，我馬上想到一定是我K的書有問題，於是立刻跑到販賣部買了一本最新的交通法規，然後就坐在那兒，K了三個小時以後再進去考。這一回，我考了九十五分，電腦螢幕上終於開出了一朵大紅花。

那天從車管所開車回家時，我已經有合法的駕照了。嘿，終於擺脫了無照駕駛的歲月，我覺得自己好「牛」哦（就是「神氣」的意思）！途中看到一個交警，我居然很有一種衝動——很想把車開到他的面前，把我的駕照亮出來，在他面前晃一晃，得意地說：「看哪！我有駕照了！」

不過，我當然沒有這麼做。這好像是「豆豆先生」才會做的事。我又不是「豆豆小姐」。

「火爐」

每當別人一聽說我現在住在南京，總是會奇怪地問：「爲什麼會選擇南京呢？南京不是一個『火爐』嗎？」

我說：「我覺得還好呵，夏天最難過的時候也不過就是三個禮拜吧。」

這是我眞實的感覺，可是別人總不相信，總是用懷疑的眼神看著我，心裡八成是這麼想：「一定是因爲妳現在住在南京，才這麼爲南京說話吧。」

其實不是。去年剛要入夏時，南京市有關單位居然還愼重其事地召開了一場新聞發佈會，宣佈從那一年開始，南京夏季高溫時將不再使用「火爐」這一個說法，不僅因爲「火爐」一詞只是民間說法，沒定義、沒標準，不是嚴謹的學術稱謂，更因爲就實際數據來看，說南京是「火爐」，根本是冤枉！

爲了喊冤，或者說爲了澄清，省氣象台還一本正經地提出了很多證據：

・從近五十年來的統計數據看，南京夏天平均每十年下降零點一一三度，雖然下降的幅度非常小，但還是可以證明一個事實——南京的夏天其實是在逐漸變涼。

・儘管最近兩年夏季高溫有上升的現象，但從全國範圍來看，夏季高溫的最中心並不在南京；近三年在河套地區，前年又轉移到浙江，前年浙江大片地區最高溫度都達到了四十度，而南京只有三十八點六度。

・每年夏季氣溫的「高點」都在轉移過程中，南京不僅談不上是全國高溫的中心，甚至連地域高溫的中心也談不上，可是長久以來南京和重慶、武漢並稱「中國三大『火爐』」，實在是「名不正、言不順」！重慶在去年已經棄用「火爐」這一說法（當然也是提出了詳細的證據），相比之下，南京更不應該再被稱之爲「火爐」！

所以，當天的報紙在報導這個消息時，幾乎都用了大大的標題——「南京棄用『火爐』名號！」

其實我在前年夏天也注意到了浙江省的氣溫很高，特別是杭州（因爲我有不少朋友都住在杭州，所以每天看氣象報告時不免都會比較注意杭州的氣象）；前年在夏天快要過去的時候，我就和東東丁丁說過：「我覺得『火爐』這頂帽子應該送給杭州才對耶，杭州明明都比南京熱嘛！」

不過，很多事情一旦在大家的腦海中形成強烈印象之後，想要改變實在是很不容易。就在前幾天，還有不止一個住在大陸其他城市的文友，關心地問我：「夏天來了，南京是『火爐』耶，妳和孩子們還能適應嗎？」

我說：「南京已經棄用『火爐』稱號了。」

「是嗎？」朋友們都繼續說：「幸好妳又不用上班，孩子們也放假了，少出門就是了。」

唉，顯然還是認定南京是一個「火爐」啦！

排隊

曾經有朋友問過我：「妳覺得在大陸生活最大的挑戰是什麼？」

我想了一想，大概是「面對那麼多不文明的狀況，怎麼樣還能保持心平氣和吧」。

我覺得一個社會的文明程度，最直接表現在兩個事情上，一個是廁所乾不乾淨，另一個就是看大家排不排隊。

不過，有的時候大家不排隊，也不一定就是他們故意不守規矩，只不過是一種習慣，習慣了大家全都擠在一起，沒有排隊的概念。

譬如在銀行，剛開始我看到一大堆人統統擠在櫃台，還很納悶「怎麼會需要出動一大家子來辦事啊？」；後來才弄清楚，那哪裡是一家人，原來全是不相干的人。

我只好大聲問一句：「請問這個隊伍怎麼排？」

通常馬上就會有行員來整理隊伍了。

有一次，我去銀行辦事，正慶幸來得巧，裡頭幾乎沒人，只有我一個人舒舒服服地在櫃台前辦手續。忽然，一位男士來了，夾了一個小包（大陸的男人好像特別喜歡在腋下夾一個小包），就這麼擠到我旁邊，好像跟我是一起來似的，我很不舒服，便提醒他：「先生，對不起，我還沒辦好。」

你猜怎麼著？這位先生居然笑咪咪地跟我說：「沒事，沒事。」眞令我哭笑不得！敢情他還是好心表示不催我哩。

我在報上看到過這麼一件事，有一個美國人在銀行碰到和我類似的情況，他對擠到他身邊的那位老兄所說的話就比較直接；他說（用很標準的京片子說）：「請你不要站在我旁邊。」

那位老兄大概是覺得很沒面子，就冒了一句：「我們中國人是講道德的。」言下之意無非是，放心吧，我又不會偷看你的密碼，就這麼站站不行嗎？不行。那個美國人立刻又回了一句：「可是你們最不守規矩了。」

我想，之所以會給人這種「不守規矩」的印象，主要原因就是一般老百姓排隊的觀念還太淡薄了。

然而，儘管淡薄，這個觀念至少還是已經萌芽了。我覺得在各方不斷地倡導、呼籲之下（其實報章雜誌經常能看到這一類的文章），很多人已經知道「好像應該排隊」，只是一看別人似乎都還是亂糟糟的，自己如果先排隊未免太吃虧，所以不會主動積極地來排隊。這個時候，就需要客氣地提醒他們一下。

我在肯德基、麥當勞或商場的付帳櫃台前，都是提高警覺，隨時注意是不是有人不排隊，企圖插隊，只要一有跡象，我馬上就制止，「對不起，我是排在這位先生（或小姐）的後面。」

十有八九，被我制止的人都會嘟噥一句「妳排呀。」然後就閃到別處，大概是去插別人的隊了。

只有一次，那位被我制止的先生大約是荷包剛剛大失血，心情惡劣，正好需要找人出氣，居然罵我，眞是氣得我夠嗆！

城市裡的農民

一個年輕的香港朋友——從前是我的小讀者，現在則成了我的好朋友——到北京參加活動，然後轉道南京來找我玩。一見面，他立刻非常疑惑地問了我一個他已經憋了好幾天的問題：「奇怪，爲什麼這裡好多人都老喜歡蹲著？」

確實如此，我也曾經有過這樣的疑惑，問大陸的朋友，朋友們往往都是說：「蹲著舒服呀！」

是嗎？由於缺乏實踐，我也不知道蹲著會有多舒服。怎麼可能實踐呢？蹲著多不雅呀！

中國人喜歡蹲著大概是由來已久，記得在馬來西亞、美國舊金山等一些地方的博物館，都曾看過許多華工打著赤膊蹲在路邊用碗喝著稀飯之類的照片。這種「喜歡」也許多半也是出於一種習慣，畢竟中國自古是以農立國呀，想像一下若干農民蹲在田埂邊稍事休息，那樣的畫面不是很自然嗎？

當然，現代人穿著西裝（哪怕只是廉價西裝）蹲在路邊，給人的感覺就大不一樣了。

其實，現在在大陸確實還有不少農業社會留下來的一些習慣。如果從這個角度去看待生活中一些奇奇怪怪的現象，一切就都不難理解了。

比方說，在座位不夠的時候，像車站啦、醫院啦、公車候車亭啦，總會有些人喜歡蹲著，因爲站著太累了。還有馬路上老有人喜歡逆向而行，其實他們也未必是存心要違反什麼交通規則，只是完全沒有「馬路也要分什麼一來一往兩種方向」的概念，也沒有「行人和自行車不應走快車道」的觀念，反正路就是路嘛，怎麼方便怎麼走！在以前農業時代不都是這樣的嘛，哪裡需要分得這麼細！

想阻止這樣的事，再怎麼做交通安全宣導，恐怕都收效有限，只能靠著一次又一次血的教訓，才能對那些腦袋還停留在農業社會的人有所儆醒。

看過一則外電報導，一位西方國家記者形容許多大陸的老百姓是「住在城市裡的農民」，這種說法雖然聽起來有些刻薄，倒也是一針見血的形容。

在大陸的報刊雜誌也常看到關於「城中村」的報導。這是因爲很多大城市的面積和人口不斷擴大，行政區當然也就不斷重新劃分，把許多從前屬於城市周圍的鄉村劃了進來，成爲大城市的新興區；而既然成爲城市的一部分，不但大批農田消失了，農村建築自然也不復存在，農民們都住進一大片一大片的水泥建築，那都是政府爲安置農民所建的一大片一大片的社區。但儘管大家現在已經不用種田了，住的也是現代化的新房子，可是由於多數居民仍保留著過去諸多生活習慣，使得這些社區看起來也就顯得都市味兒不足，形成特殊的「城中村」。

其實這些「過去的農民，如今的市民」也在儘可能適應都市生活。比方說，從前都是吃自己種的青菜，現在卻得花錢去買；從前別說左右鄰居就算整個村莊的居民都互相熟識，一天到晚相互串門子，現在卻連同一棟公寓中所謂的鄰居都不認得；當然也包括從前都是出了家門有路就走，現在再這麼隨便亂走就很可能要付出慘痛的代價……人與社會，大概總是這樣地在不斷適應中互相調和吧，這也就是一種文明化的過程。

南京的鴨子

日前我因公去了一趟馬來西亞和新加坡，在返回南京的飛機上，想到馬上又可以吃鹽水鴨了，心裡還眞高興。保母知道我愛吃鹽水鴨，每回我出遠門回來，隔天餐桌上一定會有一道鹽水鴨。

南京人愛吃鴨是有名的。曾經聽一個導遊說：「西安看墳頭，上海看人頭，南京吃鴨頭。」西安市郊有一大堆活像小土丘的皇陵，包括幾十年之內都不會開挖的秦始皇陵，到了西安，不免要看很多皇陵，所以說是「看墳頭」；上海市中心特別是外灘一帶，無時無刻不是人潮洶湧，所以說是「看人頭」（還有人說對小孩子來說就只能是「看屁股」，其他什麼也看不到）；至於「南京吃鴨頭」，指的自然就是南京人愛吃鴨了。

其實南京原本最有名的還不是鹽水鴨，而是南京板鴨，是將光鴨以鹽漬風乾而成，相傳最初是出於六朝宮廷，有「六朝風味」的美譽。在清代，南京地區的官員每年都要挑選上品進貢皇室，官員之間也常以板鴨爲禮品，相互饋贈，所以又被稱爲「貢鴨」和「官禮板鴨」。聽說直到二十世紀七十年代，南京板鴨都還是非常有名的特產，只要來南京，很多人都會帶南京板鴨回去，就好像如果去金華一定會帶金華火腿一樣。

可實際上南京人眞正愛吃的不是板鴨而是鹽水鴨。這道美食也已經有三四百年的歷史，就口味而言，據說以農曆八月至九月間的秋鴨最棒，因爲這時正是稻穀成熟季節，經過當年稻穀催肥的鴨子，最爲膘肥肉嫩；而農曆八月正是桂花飄香時節，所以這個時候的鹽水鴨又稱爲「桂花鴨」，意思是說「鴨肉內有桂花的香味」。

現在市面上板鴨已不多見，甚至可以說已幾乎退出了市場，鹽水鴨則是風風火火，特別是因爲採眞空包裝，不管是送禮或自己保存都很方便。

以前我從來不知道自己愛吃鴨，來到南京之後不久，立刻就感到這個鹽水鴨還眞好吃。特別是如果出遠門，十幾天沒吃到鹽水鴨，一回來還眞希望能快快吃到好解饞。

南京人也滿愛吃鴨肫和鴨頭，這些我可就不敢恭維了。

其實喜歡吃鴨頭的人好像不少，並不只限定南京人。若是在宴會酒席上，鴨頭還是一道分量比較重的菜。有一回在浙江省（我忘了是在哪一個城市），地方領導請吃飯，就上了一道鴨頭。記得那道菜起碼也有六個鴨頭吧，每一個都整整齊齊被切成兩半，料理好之後平平整整地擺在大盤子上，排成一大圈，頸部還包上金色的錫箔紙，方便客人手拿。盤子上還綴上蔬果鮮花。這道菜上來之後，不斷有人對我說「管老師，請用，請嚐嚐！」我打死不吃，後來整盤菜就原封不動地撤下去了。第二天我無意中才知道，其實當天晚上很多人都想吃那道菜，可因爲我是主客，基於禮數，主客沒動，其他人也就不好意思動了！

過節

兒童節是哪一天？父親節是哪一天？教師節又是哪一天？也許你會覺得這幾個問題很弱智，當然是四月四號、八月八號以及九月二十八號呀！

奇怪的是，在大陸，這三個節日所定的時間居然不一樣！

首先，大陸小朋友所過的兒童節是六月一號，這一天是國際兒童節，在兒童節當天，儘管孩子們都還是照常上學，但和台灣一樣，學校都會準備些活動，讓小朋友熱鬧一番。

當大陸的朋友得知台灣的小朋友居然是在四月四號歡度兒童節時，都很驚訝，連連問我：「爲什麼？爲什麼是在四月四號？」我總是當場被問住！我只知道在我小時候兒童節就是四月四號，可我從來就不知道爲什麼？我更從來不曾想像居然還會有一個國際兒童節！

說來也怪，在華人世界不是都很忌諱「四」、都不喜歡「四」這個數字嗎？爲什麼台灣小朋友所過的兒童節會有兩個「四」呢？

台灣的父親節和教師節我就說得出典故了，「八八」是「爸爸」的諧音，而九月二十八號是至聖先師孔子的誕辰紀念日呀！把這一天定爲「教師節」眞是再合適也不過了。

對於這一點，大陸的朋友都很贊同。在大陸，父親節是六月第三個禮拜天，據說和在五月第二個禮拜天是母親節一樣，也是國際慣例，但教師節是在九月十號，很多人就也說不出原因了，聽我說台灣的教師節是在九月二十八號後，很多大陸的朋友也都在納悶：「奇怪，爲什麼我們的教師節會在九月十號？」

此外，在商家的炒作下，現在大陸也愈來愈時興過「洋節」了，最重要的兩個「洋節」自然是聖誕節和西洋情人節。特別要說「西洋情人節」，是因爲農曆七月七日還有一個傳統的中國情人節，但是中國情人節所受到的重視程度，顯然遠遠比不上二月十四日的西洋情人節。

很多小伙子爲了在那一天要好好表現，都得勒緊褲腰帶及早省吃儉用，才能在情人節那天送禮物啦、送女朋友貴得嚇死人的玫瑰花啦，去餐廳吃形同搶劫的情人節大餐啦，想來「『浪漫』就是『浪費』的同義詞」還眞是一條眞理！雖然報刊雜誌每年也都會有些文章提醒大家，說說西洋情人節的典故，強調這並不是局限於戀人之間的節日，但是這些聲音顯得是那麼的無力，根本沒人搭理！

每年在這種熱烈的氣氛下，許多已婚婦女也都會蠢蠢欲動，明示丈夫不妨也來過過情人節，但不難想像男人的反應多半都是嗤之以鼻，說什麼婚都結了，甚至孩子都生了，誰還來這一套！

有一次，在情人節當天，一個七十多歲的老先生，老在一家花店附近轉來轉去，半個小時以後終於被店員發現遂主動上前詢問有什麼事，老先生這才忸忸怩怩面紅耳赤地說，他想給老伴買一枝玫瑰花，可是一直不好意思進來問一枝玫瑰花要多少錢？

噯，我覺得這個老先生還眞可愛！如果我是花店老闆，我一定會送他一把玫瑰花。

假

有一天，經過一家商店，無意間看到一個背包，乍看覺得好像還滿可愛的，不知不覺停下了腳步。

我才剛站了大約兩秒鐘，眼尖的老闆已經馬上迎出來，用鼓勵的口氣推銷道：「這是小熊維尼。」

我看看背包上的圖案，差點沒笑出來，「這怎麼會是小熊維尼。」拜託，我看是小熊維尼的遠親還差不多！

好玩的是，老闆也不跟我爭，和和氣氣地說：「好吧，妳說不是就不是吧，那妳出多少？」

這個「小熊維尼的遠親」是仿得太拙劣了，可是你知道嗎？在大陸有好多好多東西仿得還眞逼眞，簡直就是已經到了「以假亂眞」的地步。

連東東有一位老師都曾經開玩笑地說過：「這個年頭啊，只有媽媽是眞的，其他都可能是假的！」

我本來心想，一定是因爲這位老師是女性，所以才這麼說，如果是男性，他很可能就會說「只有爸爸是眞的」……可是轉念一想，不對，爸爸確實也有可能是假的，否則現在申請「親子鑑定」的人就不會愈來愈多了；申請者中就是以男性佔絕大多數。

假鈔、假幣、各式各樣的假貨……最可怕的還是假證件。在電線桿、公寓樓梯間、牆面、公車站牌……很多很多很多地方，都會有「辦證」的小廣告，在「辦證」下面只留了一個手機號碼，顯然就是聯繫人的手機號碼。剛開始我很納悶，辦證？辦什麼證啊？後來請教了別人才明白，原來就是辦各式各樣的假證件！

身分證、上崗證、結婚證、離婚證、房產證、駕駛證、行車證、出入證……只要是說得出來名堂的證件，據說這些壞蛋都能仿。報導說，由於「來錢快」（就是「好賺」的意思），現在投入這個市場的不法分子愈來愈多，而且大約也是「有競爭才有進步」，這些壞蛋的仿製技術也愈來愈精良，並且分工嚴密，儼然已成爲一個極爲龐大的市場，警察簡直是抓不勝抓，怎麼抓往往都只是抓到處於最下游的，就是那些負責和客戶接頭以及送貨的人。

據說在這麼多琳琅滿目、五花八門的假證件中，需求量最大，始終佔市場最大宗的還是假學歷證件。這些做假證的傢伙還明碼標價，仿北大的畢業證書是多少，仿清華的是多少，南大的是多少，航大又是多少，總之，按照學校不同的「檔次」有不同的收費。

我覺得假證件充斥實在很可怕，把人與人之間最基本的一點信任都破壞光了，更嚴重擾亂了市場正常的交易秩序。

曾經，有一個上班族租了一套房子，還一口氣付了一年的租金，只因房主說如果一次付一年，租金可以「讓」一點（就是「便宜」一點），沒想到那個房主根本是個騙子。

上當的仁兄在電視上苦著臉說：「他是出示了身分證、房產證等相關證件，可是我看不出來是假的呀！」

我眞同情他。事實上，大多數人都看不出的。

不要以偏概全

當初，我剛向眾好友宣佈要搬到大陸，有些朋友都不太贊成，也都挺擔心的；擔心什麼呢？因爲「大陸人都很壞，至少都很勢利」。

似乎很多人都有這樣的印象，但其實這都是一種以偏概全的觀念。

像這種以偏概全的說法實在很多很多，比方說「上海人最精明」啦、「浙江人最會做生意」啦、「北方人比較大氣」啦等等；我在大陸也聽過「台灣男人最色」、「台灣人最小氣，就只有對女人大方」這樣的說法，不也是一竿子把台灣男人都給打死了嗎？

又比如「男人如何如何」、「女人如何如何」，「雙子座如何」、「巨蟹座如何」，「O型如何」、「A型如何」等等這種以偏概全的言論更是多得不得了，恐怕說上幾天幾夜都說不完！

或許大體而言，相對來說，男人和女人之間等等是有不少差異，我們也不必刻意抹煞這些差異；也或許各個地方的人，在作風、習性上是有一些不同，但我總覺得，我們還是應該時時提醒自己，這些所謂的「經驗之談」都是以偏概全的，頂多只能稍微做一點參考，絕不能那麼死板地一概而論。畢竟，人都是有個別差異的，也都是需要相處的。

老實說，剛搬到大陸時，我也是有著一種戰戰兢兢的心理；儘管以前這麼多年以來，我來過大陸不下十幾二十次，可以前都是「觀光客」身分，現在是「移民」了，要真正和一般老百姓接觸了，會不會有什麼不同呢？……

可實際上，現在我們在這兒都住了五年多啦，我真的覺得，這裡一般老百姓對我們台胞都挺友善的，對台胞的印象也都不錯，都說我們台灣人「很文明」，很多地方對台胞也都特別關照……我們母子三人還是咱們這個小區（就是「社區」）的「重點保護對象」呢！——咱們這個小區，有一千一百多戶，所有「境外人士」（就是港澳台同胞）以及外籍人士都屬於「重點保護對象」，不時會有派出所民警來關心。

我相信不管在哪個社會，雖然都會有壞人，但好人還是比壞人多，在大陸也是一樣。就算是有刑案吧，其實哪裡沒有刑案？「台商慘遭不測」這樣的新聞一旦在報端披露，似乎總會讓人有一種感覺，好像台灣人在大陸生活很危險，好像每一個大陸人都想對台灣人不利……其實根本不是那麼回事。

簡單來說，每一樁刑案實際上都有其特殊背景，像我們這樣生活單純、作風樸素的家庭，根本也沒什麼機會去認識壞蛋。

如果說大陸人勢利，開口閉口都喜歡講錢吧，其實也不盡然。打開報紙、電視，每天都還是有那麼多溫馨的小故事，譬如計程車司機拾金不昧；賣彩票的人在有機會隱瞞客戶中獎的情況之下，仍然選擇坦白以告，毫不起侵佔之心；還有好多好多捐獻愛心的事。不是都說「世界上比賺錢更難的事就是捐錢」嗎？每當媒體一報導有什麼可憐人需要幫忙，總會引來很多人熱心捐獻，儘管為數都不多，總算都能聚少成多。很多這樣的故事還是都很令人感動的。

【輯二】

關於教育

放榜

有一年高考（就是大學聯考）放榜後，我曾經在報上看到過這麼一個消息：有一個爸爸，得知兒子考上了重點大學，欣喜若狂，比兒子還要激動，還要興奮，後來竟因此造成暫時性的「神經短路」，逢人就說：「我兒子考上了重點大學！嘻嘻嘻嘻！」連在大街上碰到不相干的路人，他也要拽住人家的衣服不放，紅光滿面、嘻嘻哈哈地頻頻報喜，把人家都嚇得半死。

這簡直是現代版的「范進中舉」！

東東高中畢業那個暑假，我也有點兒像那個爸爸一樣，每天都開開心心、快快樂樂地向眾多好友們一一報告：「我兒東東考上了南京醫科大學臨床醫學系！」（我比較「鎮定」的地方，是仍然以正常的神態和語氣報告，沒有癡癡傻笑，而且，我還不至於去向路人甲和路人乙報告。）

在大陸，把「大學」稱爲「本科」，「本科」又分爲「一本」和「二本」，就好像把旅館分成「五星級」和「四星級」一樣；「一本」的都屬於「五星級」。（但是也有在同一所大學中，有的科系是「一本」，有的是「二本」的情況。）東東考上的南京醫科大學（簡稱南醫大）臨床醫學系就是屬於「一本」！

哇哈哈哈！我眞是高興死了！更高興的是，居然可以在南京就近上學，這眞是太理想了！儘管上了大學以後都要住校，好歹比他在外地念大學要能方便見面，碰到什麼連續假期時也不用爲交通問題發愁，我直接開車去學校把寶貝兒子接回來就行啦！

我甚至也已經想到，等幾年後丁丁考大學時，我希望丁丁也就只塡在南京的學校就好了；江蘇省是所謂的「教育文化大省」，身爲江蘇省省會的南京，有好幾所屬於「一本」的重點大學。

不過，東東和我都有一個清醒的認識——其實他的實力應該是在「二本」，現在他之所以能「更上一層樓」，僥倖念到「一本」的學校和科系，很明顯地是因爲他參加的是「境外人士考試」，考的是另外一套卷子，考得沒那麼深，像他這樣在大陸接受了三年高中教育的孩子，若直接和來自台灣、香港、澳門等境外高中畢業生來競爭，自然會比較佔優勢。

也就是說，東東的挑戰才剛剛開始！未來他得和來自大陸各地的佼佼者一起學習，不難想像一定會有不小的壓力。

在網上看到結果的那一天，本來東東還不太開心，因爲南醫大臨床醫學系是他的第二志願，他的第一志願是北大醫學院（其實他的分數超出第一梯次最低錄取線有一百多分，本來我的朋友們都說肯定沒問題了，後來不知道是不是名額實在太少，所以還是沒有被錄取），我一直忙著安慰東東，北大是一個「遠在天邊」的「超本」啊！或許將來考研究所的時候再努力吧，或者南醫大畢業之後直接去歐美繼續深造……

其實說來說去，我最高興的還是他能就近上學，對於我這種容易神經緊張的媽媽來說，能經常看到孩子真的是太好、太重要了。

軍訓

東東高中畢業那年的暑假放得可眞久。大學錄取工作一直進行到八月底（開玩笑，整個大陸有一千萬考生哪，光是江蘇省也有四十幾萬考生，錄取工作是一批一批地進行，對於那些成績平平的孩子來說，整個暑假就要一直癡癡地等，一直等到八月底如果還沒等到錄取通知書，這才死了心，確定自己是落榜了），九月開始，各個大專院校開始陸陸續續地開學，不過，開學第一件事，不是上課，而是要參加為期半個月至一個月的軍訓。

我覺得聽起來有點兒像台灣的「成功嶺」，只不過成功嶺是男生的專利——幸好是男生的專利！這還是極少數會令我深感慶幸還好自己是女生的事！

但是大陸的軍訓，倒是男女平等，一視同仁，女生也要參加。

軍訓期間，禁止學生帶手機。可是這項禁令顯然很難執行，因爲東東經常三不五時就會接到同學們傳來的簡訊，男生和女生都有，不管是念哪一所學校，不管身處哪一個軍營，大家的抱怨都是驚人的相似，幾乎都是大罵教官「不是人！」「沒有人性！」「心理變態！」「虐待狂！」「精神分裂！」「心靈扭曲！」「自卑感無處發洩！」還有人大罵教官是白癡，連立正稍息都喊不清楚，還好意思那麼兇！不把大家當人看！

對於朋友們的抱怨，東東只能想像，沒法眞正地感同身受，因爲，他在七月接到的錄取通知書上，只告訴他九月底報到，並沒通知他要參加軍訓。大概是台生、港生等「境外人士」就免了吧。對此，東東很多同學都表示無限的羨慕！

倒是小丁丁，在初一剛開學時，參加過軍訓。這裡對軍訓的要求是一級比一級嚴格，高一新生就得和大一新生一樣，都得住在軍營裡，和家裡幾乎很難聯繫，只是高一新生的軍訓時間比較短，一般是在一個禮拜左右。

初中生的軍訓時間更短，只有五個半天，而且集訓的地點就在學校。我還記得那一連五天，丁丁中午回到家，吃過中飯，洗過澡，便倒頭呼呼大睡，眞的是累死了。

最後一天時，上午學校召開初一新生家長會，把所有初一新生的家長統統集中在大禮堂，向家長說明學校的教育方針、教學理念以及對學生的要求等等。末了也談到軍訓，告訴我們軍訓對孩子的磨鍊，對孩子的耐力、意志力、克制力乃至良好生活習慣的培養，都會有很好的影響。爲了讓我們看看孩子經過這五個半天的軍訓洗禮之後，確實不一樣了，家長會一結束，校方鼓勵我們到操場上去看看孩子們。

烈日當空下，一班一班的學生正由一位一位教官帶開，在操場的各個角落操練。我很快就找到了丁丁那一班，也很快就看到了他（當時他明顯地比同學們都高），哇！我簡直不敢相信，平日看來總像一個洋娃娃的丁丁，看起來眞的是雄赳赳、氣昂昂，精神飽滿得不得了！

只是沒想到的是，後來當我猛誇丁丁好有精神時，他居然不以爲意地只說了一句：「沒有精神就不能休息啊。」眞是令人絕倒！

孩子「早戀」，怎麼辦？

丁丁上初二時，有一天，下課的時候同學問了一個令他感到有點棘手的問題。

「你喜歡哪一個女生？」

丁丁馬上回答：「我媽媽。」

「不可以說媽媽。」

「那——數學老師。」

「不可以說老師。」

「那就沒有了。」

「不可以說沒有。」

聽到這裡，我已經笑出聲來，好奇地問丁丁：「後來呢？」

「後來就上課了。」丁丁說。

看著丁丁一臉無邪和稚氣的表情，我不禁在想，這傢伙眞是晚熟啊。其實一直都有小女生對丁丁很好，也很樂於與他親近，可是他好像就是還沒開竅，對這方面一點心思也沒有。

而一般來說，初中的孩子開始交男女朋友，已經算是挺正常，似乎不算是早熟了。不過，大多數父母當然都是很不願意見到這種現象，一旦眞的發生了，多半的父母也都會極力阻止。

阻止的方式主要有三種：

一，趕緊給孩子做思想工作（就是苦口婆心地死勸活勸），並且找班主任幫忙，一起開導「迷途的羔羊」。

二，找孩子的「小對象」談話，甚至找「小對象」的家長溝通，希望對方不要「纏」著自家的孩子。

三，採取「釜底抽薪」，給孩子轉學！這一招的目的很明顯，當然就是要「棒打小鴛鴦」，把小羅密歐和小茱莉葉硬是拆散。

不過，老實說，這三種霹靂招式往往不一定有用，專家說，很可能反而會刺激孩子的「逆反」心理，使一對小情侶的感情更好，更不肯分開。報上說，有一個初三的男孩，就是在這樣的情況之下被強迫轉學，轉學之後，卻並沒有放棄小女友，反而變得謊話連篇，找盡各種機會和小女友在一起，發現眞相後的媽媽，竟急得跪在兒子的面前，哭著懇求兒子「好好學習，不要早戀！」

「好好學習，天天向上」本來是大陸各個學校的教室中最常出現的字樣，什麼時候「天天向上」竟變成「不要早戀」了？

或許我算是比較「幸運」的媽媽，沒有這方面的煩惱；因爲小兒子丁丁不開竅，大兒子東東雖然開竅得早，但一直還沒有正式的女朋友，頂多只是「準女友」。

不過，東東的好朋友中，倒好像一直是女生比男生多。他說那是因爲大多數的男生頭腦都比較簡單，又都不愛看書（當然，他指的是課外書），還有，男生都很臭（這大概是因爲他自己不愛運動的關係）。

不管怎麼說，我是絕對不贊成那三招霹靂招式，別的不說，那實在是太傷孩子的自尊心了，而大傷孩子自尊心的作法，我不相信會有什麼好的結果。

有一天傍晚，我在校門口等著接丁丁，看到一對父母嗓門很高、氣勢洶洶地揪住兒子，厲聲質問：「你到學校是來學習還是來談戀愛？」而孩子則只是一臉嫌惡地掙脫後立刻跑走。唉，我眞是爲他們感到難過。

考季

六月份是大陸的考季，「中考」（高中聯考）和「高考」（大學聯考）都是在這個月份。

這兩個事情在社會上所受到的重視程度，別提有多厲害了。

記得東東上了高三以後，第一次家長會，在第一階段——校長先在報告廳對所有高三家長談話時，就鄭重其事地要求家長，只剩最後一年了，家長最好避免出差，多在孩子身邊，給孩子精神支持（差不多也只能精神支持，外加生活上的照顧，功課方面是不可能幫得上忙的，因爲他們所學的東西都難得要命，簡直是天書！）。

當時我就跟東東說，兒呀，念書是你自己的事，我們家還是一切如常，包括你要學著排遣自己的壓力，不可以拿丁丁出氣哦，還有，媽媽該幹什麼就幹什麼，你知道媽媽不可能在一年之內不出遠門的……末了，我還重點指示一番：「我看你現在嘛，最要緊的就是要注意『兩個保持——保持鬥志，保持鎮定！』……」

（像不像領導說話的口氣？）

那個時候東東還沒有說什麼。可是那年年初以來，我外出講課、辦活動的次數可能委實太多了些，到了三、四月，東東開始不大放心了，頻頻問我：「妳會陪我到上海去考試吧？」

（東東必須參加「境外人士」的考試，也就是針對台灣、香港、澳門學生的考試，只有北京、上海、廣州等幾個城市有「考點」，離南京最近的考點當然就是上海。）

有時東東也會抱怨：「為什麼妳又要出去？」

我只好硬著頭皮自我吹噓：「因為老媽的事業蒸蒸日上呀！」

他還是頗有微詞，「哼，妳現在愈來愈像好萊塢電影裡那些只顧事業、不顧小孩的爸爸了！」

在我五月下旬又要離家一個禮拜的時候，為了讓他安心，我還再三保證，等我這趟回來，一直到他考試，一定、鐵定、打死也不出門了！

其實我每次出門，東東丁生活上有保母照顧，是不會有什麼問題的，我知道他們是每天都需要和我講講話、撒撒嬌，所以每次出門，越洋電話費都高得驚人——眞是親情無價啊！

大陸的高考是在六月上旬，東東的同學上旬考完就「解放」了。我看他好像還挺鎮定，每天仍然定時起床，定時念書，定時彈彈鋼琴，定時擺擺圍棋棋譜，定時陪丁丁聊聊電動和漫畫，定時又來找我聊聊電影、時事和女生。我呢，多半時候自己都忙得夠嗆，再加上從小就是「放牛吃草」放慣了，所以也不大囉唆他，不過偶爾也還是會有點兒焦慮，東想西想、胡思亂想；比方說，「境外人士」考試是報名時就得填志願（大陸的考生則是先考後填志願），填志願是很有學問的，有時我不免就會擔心，東東的志願填得妥不妥當呀？……

幸好這一切的煎熬終會過去，我們終於坐上火車前往上海了。真像是「進京趕考」！我告訴東東，有老媽親自護駕，保證他不會像《聊齋》裡的那些書生一樣，在什麼破廟裡遇見不該遇見的女鬼。

東東的宿舍

在連宋相繼訪問大陸之後，大陸很快便接連公佈了不少對台胞有利的政策，連我都成了直接的受益人——當「台生高校學費從該年秋季開始將比照大陸學生收費標準」的新聞公佈之後，好幾個文友都打電話給我，爲我慶賀道：「嘿，妳可以省錢啦！」因爲東東那年暑假上大學，正好趕上。

這一省，可是八千塊人民幣民哪，眞不少。（最新統計大學畢業生初入社會平均月薪不足人民幣兩千塊。）

其實，學校並不少收費，是政府替每一個台生出了八千塊。這麼一來，東東——還是醫科呢，一學年的學費只有四千多塊！

繳費通知一到，在林林總總的收費項目上，最貴的反而是住宿費用，一學年要五千塊！這在大陸一般工薪階層（也就是上班族）家庭，是一筆不小的數字。

收費高，也就意味著住宿條件好。東東報到那天，我到外地「打書」去了，沒能陪他去，等我回來，送他去宿舍，這才眞正見識到住宿條件好到什麼程度，簡直是好得離譜！

首先，是境外學生單獨住一棟，每一層兩個單元（左右兩戶），每一個單元就像一個住家似的，有三個房間（兩人一間），還有客廳、餐廳、廚房、兩間浴室、三間廁所，以及電視機和洗衣機……哇！我一看到東東的宿舍，馬上就有一種感覺，我眞想在這樣的宿舍再念一次大學！

想當年我念輔大的時候，家住新店，離輔大所在的新莊隔得大老遠，可是學校宿舍又申請不到，每天都得從新店通車到新莊，眞是痛苦不堪！

我甚至還立刻幻想，如果能跟偉勤啊小燕啊小琮啊小莉啊咱們那幫老姐妹共住這樣的一個單元，一起念大學，該有多好！……不過，從幻想回到現實之後，再看看東東現在的宿舍，嚇，眞是髒亂得可以！不愧都是一群臭男生！

東東住進宿舍之後第二天就正式上課。過了幾天，我問他宿舍裡怎麼樣？是不是乾淨多了？誰知他淡淡地說：「就跟妳那天看到的差不多，廚房水槽裡那幾個碗還在！」

同樣離譜的是，洗衣機裡那堆已經是脫水完畢狀態的衣服，也始終還在那裡！東東等了三天，見無人認領，甚至沒人承認是衣服的主人！他只好把那堆衣服拿出來擱在一邊，再把自己的衣服丟進去洗！

就這樣，條件那麼好的宿舍還是被一群邋遢鬼住成了豬窩（或是狗窩，隨便！），東東只能把屬於自己的一部分，也就是房間的二分之一弄乾淨弄整齊。或許也是因爲在他那一單元中，只有他一個人是大一新生，其他五個全是學長，他好像也不好立刻多說什麼。

我忽然想到，其實這也很像是大陸現況的一個縮影——蓋高樓、建大橋、拓寬高速公路，做這些硬體建設總是快得很，但是軟體建設、精神文明建設呢？不僅跟不上，好像還有很大的距離哪！

黑與白

東東自從上了大學以後，突然變成了「烏鴉王子」，從上衣、長褲、球鞋、外套和背包，都喜歡黑色。進入冬季之後，他還說想要一件黑色的圍巾，我就說：「兒子，完蛋了，你變成偏執狂了！」

話雖這麼說，我還是放在了心上。不過，平常我幾乎不逛街，我沒時間、也不喜歡逛街，就趁著前段時間去香港公幹時，只要一有時間就儘量找一找，可是一無所獲。回來後，我把自己一條很喜歡的圍巾給東東，這條圍巾一面是大紅，另一面就是黑色，我跟東東說：「你就用黑色這一面好了。」

他試了一試，覺得不大合適，幸好並不是因爲紅色那一面多少會露出來，而是覺得長度不夠。在我去香港期間，他自己添了一付黑色的皮手套。他說，沒有黑色圍巾就算了，反正把外套領子拉起來也可以保暖。我看看他這付從頭黑到腳的裝扮，忍不住說：「兒子呀，你這個樣子哪像是要去上課，簡直像是要去作案！」

東東笑笑，說班上同學現在也紛紛稱呼他爲「殺手」。

在東東這些黑色行頭中，只有一件白色的衣服，那就是非穿不可的實驗服。

平常我儘管總是忙得夠嗆，但幾乎每週三中午都會去看看東東，和他來一個「午餐的約會」（東東說，連校門口。警衛都認識他，因爲每個禮拜都有媽媽專程開車來接出去吃飯的，全校大概只有他一個！）。有一次，東東還特別把白色實驗服帶來，穿給我看，他說因爲想到我還沒看過。東東穿起實驗服，哎呀呀呀，實在是帥到不行，難怪連管理宿舍的老師都說他穿實驗服很帥。

東東還說，很奇怪，每次穿上這件實驗服，心理上的感覺確實會不太一樣。我想，可能就是一種專業性的感覺吧。

我又聯想到，其實在大陸喜歡穿「白大褂」的人好像還不少哪，除了醫生、護士、藥劑師，還有蛋糕店師傅、剃頭師傅、藥店店員，修理汽車、修理摩托車、修理自行車的人，小吃攤的老闆和伙計，甚至連一些地下食品工廠的人，也都是經常穿著白大褂，大概也是爲了想營造出一種專業性的感覺，希望能給人一種信賴感吧。

實際上，專業性和白大褂之間可不一定存在著必然的關係。別的不說，有好多密醫、庸醫也是穿著白大褂哪，而且，好多人的白大褂——像修車的、小吃攤的，還都是髒兮兮、油膩膩的，哪來什麼「專業」的感覺呀！

說到這裡，我又想起難怪在大陸會有一句俗語——「蒼蠅穿上白大褂還是蒼蠅」，意思是說，一個人外在的穿著打扮遮蓋不了他的本質。當然，這裡同時也挺奉行另外一句話——「佛要金裝，人要衣裝」，這句話在台灣也經常聽得到，我還聽說上海男人最愛打扮，就算再窮也會把全部的家當都穿在身上呢。

東東住校以後

打從東東上大學住校的第一天起，丁丁就在問：「東東什麼時候回來？」

東東住校後第一次回家是在半個月以後。在這半個月期間，丁丁差不多每天至少都要問一次「東東什麼時候回來？」

儘管丁丁沒有說什麼想不想的，但我非常明白他肯定非常想東東；自從丁丁出生以來，還從來沒有跟東東分開過這麼久哪。

這對小兄弟從小感情就很好。除了因爲他們倆都是秉性敦厚，天生善良之外，我想跟本人的英明領導應該也大有關係──我始終相信，只要父母態度公正，不偏心，子女之間的感情必然很好，而融洽和諧的手足關係又必定是他們一生的財富。

丁丁說話得晚，三歲才會說話，但是從一開口說話，用得最多、最頻繁的詞彙就是「東東」，成天跟在東東屁股後面，東東長、東東短，每一句話的開頭兩個字幾乎都是「東東」，好像不叫一下東東，他就沒法兒說話。

他們倆一直都是對方最好的玩伴，常常在一起下棋啦、玩益智積木啦、玩牌啦（一種叫做「魔法風雲會」的牌），丁丁還特別喜歡跟東東交流打電動的經驗，隨時做即時報導，報告自己的最新戰況——小時候，連東東坐在馬桶上，丁丁也總要搬個小椅子坐在外面，隔著一道廁所門和東東聊電動！

東東住校以後，就我和丁丁娘兒倆「相依為命」啦，感覺上家裡好像一下子少了好幾個人。

最明顯的是，鋼琴聲少了很多；平常他們兄弟倆每天晚上都要各彈半個小時左右的鋼琴，現在只剩丁丁彈了；其次，是丁丁缺乏可以聊電動的對象。於是，丁丁只好退而求其次，勉為其難來找老媽，開頭往往都是這麼一句：「媽媽，我知道妳聽不懂，不過妳就聽我說哦……」

其實我和丁丁的感情向來也好得很，不過母子之情再好，當然也是取代不了手足之情的。

東東第一次要回家的那天，我和丁丁都有一種過節的心情。當天傍晚，我先接丁丁放學，再開四十分鐘的車一起去接東東，然後再回到市中心去吃肯德基。東東一上車，丁丁的嘴巴就沒停過，又是一直「東東」個沒完。

東東對弟弟也眞友愛，回到家，先陪丁丁玩了半個多小時的牌，再衝到鋼琴前大彈特彈，然後我們母子三人擠在我的大床上一起看DVD！

東東住校以後，我覺得我還挺能適應的。雖然東東可以說是我最好的朋友，平常我們每天總會聊上好一會兒，但是現在他畢竟是大孩子了，是大學生了，生活也愈來愈獨立了，我為他的長大而高興；看他念書挺認眞，念的又是他喜歡的科系，更令我大感欣慰，更何況——嘿嘿，就近念大學就有這個好處，其實在那半個月之內，我和東東有過兩次「午餐的約會」，我專程去學校看他，然後到附近一家頗貴的西餐廳去接受搶劫。每天我們還會用手機互發四、五次的短消息，感覺上他並沒有離家太遠。

只是，有一天，丁丁見我在發短消息給東東，就要求我多發「磊伊斯」三個字，過了兩秒，東東回了六個字「基加諾・磊伊斯！」——天哪！這兩個小子居然這樣也可以玩牌哪！

多少錢才夠？

孩子上了大學以後，每個月應該給他多少生活費呢？這是一個令很多父母頗費思量的問題。

大學生之間對此有一個順口溜：「一月五百貧困戶，千元八百剛夠用，兩三千元才算酷，四千五千眞大戶！」聽在父母耳中，眞是心驚膽顫。

在父母看來，所謂生活費嘛，無非就是伙食費，以及一些小的零花，最好還能包括手機話費，而學校食堂一般都很便宜，一天三餐吃下來十二塊足夠了（還不算是吃得很差哦），這樣一個月也不過是三百多，所以一個月若給五百塊，應該是合情合理，怎麼會算是「貧困戶」？因爲像住宿費之類的費用都是在開學的時候就都繳過了，如果要買什麼額外的書籍或要參加什麼考試的報名費，父母都還會專案支付呀！

不過，孩子的帳可不是這樣算的。首先，孩子對錢的支配方法往往就和父母所預期的大不相同；很多孩子（特別是女孩子）一天三餐的花費可能只需要三、四塊（你覺得不可思議嗎？事實上完全可能，早餐一個包子只要五毛錢，中餐若只要一份素菜加上一點米飯，只需一塊五……）可是三餐吃得這麼克難的孩子，每個禮拜上超市一買零食起碼就要花掉四、五十塊！如果大夥兒還要上什麼速食店聚個餐、看個電影之類，生活費一下子就不夠了。

不夠的話，怎麼辦呢？絕大多數的孩子當然都是採取同樣的招數——巧立名目回頭向父母要錢！對此，男孩家長的經驗往往較爲慘痛。

有一位女士，無意中看到一本念大三的兒子遺忘在家中的筆記本，打開一看，發現原來是兒子的帳本，細讀之下，氣得差點兒沒暈倒！儘是一些像什麼「買玫瑰花」、「買大白熊玩具」、「慶祝認識一周年」、「支援去美容院」之類的名堂！做媽媽的這才恍然大悟，兒子平常說要報名考試、購買複習資料等等，原來全是「戀愛開銷」！

孩子花費大，還有一個很重要的原因，自然就是喜歡攀比。有道是「人比人，不能比」，可是很多人卻偏要比。舉個例子，手機、手提電腦、MP4這三樣東西，已經是再基本不過的「新生三大件」，因爲很多孩子在高中階段就已經擁有手機和MP3；既然大家都有，除了自己也一定要有之外，就還要比誰的款式新、誰的功能更多……

這一比就沒完沒了！有些酷愛網路遊戲的孩子，連遊戲裝備也要比，不斷設法向父母要錢來改進遊戲裝備！

一有了攀比心態，不但父母的荷包要開始大失血，我想孩子本身也不會好過，因爲物質的慾望是永無止境的。

幸好東東丁丁都很樸素，從來不會要求穿戴什麼名牌，或要求要用什麼好東西。東東在開學一個月之後，甚至還主動跟我說，我給他一個月八百的生活費太多了，他用不完，要我以後每個月只要給七百就行了。

妙的是，他又說，其實每個月七百也用不掉，不過他打算把用不掉的統統存起來做爲「戀愛經費」，以供日後「花天酒地」！

午后時光

我的保母和比較熟的大陸朋友都說我的「兒女心」很重，意思就是說我把小孩看得很重，而且處處以他們爲主。我想應該是吧，至少我的作息一直是配合著東東丁丁。

這就是做「個體戶」最大的好處！而且，我是最喜歡碰到他們放假的時候了，只有放假天才有可能「睡覺睡到自然醒」呀。

可惜這種時候還眞是不多。在大陸比較好一點的學校都是上六天課，一個禮拜之中只有禮拜天早上不必開鬧鈴。當然啦，這是我們這種對學習不是抓得很緊（就是不算太看重）的家庭才這樣，如果是要抓得緊，連禮拜天早上都得早起，然後趕赴補習班或興趣班。

自從丁丁上了高中以後，我的作息又有了新的變化，下午變得很長，晚上卻變得很短。丁丁的學校對學習抓得頗緊，每天上課時間都頗長，除了週六是下午五點放學以外，週一至週五都是晚上七點十五才放學，七點半開始晚自習一直到九點。

幸好晚自習不是強制性參加（但實際上絕大多數的學生都參加了），丁丁當然沒參加晚自習，但每天傍晚從六點一刻到七點一刻是考試，那是一定得參加的。總之，我每天都得七點多才能接到他，幸好那時已過了尖峰時間，學校離家也不算太遠，不到十五分鐘的車程，不過不管是陪丁丁吃了肯德基或麥當勞回到家，或是回家吃過晚飯收拾好，都要八點多了。

我中餐一般都吃得早，大概上午十一點就吃了，這是因為保母上午來弄清潔，打掃衛生，早一點給我弄完中飯就可以讓她走了。吃過午餐，稍事休息，我就會睡一個飽飽的午覺。好奇怪，如果是出門在外，就算是連續半個月不睡午覺也不會覺得累，可是平常在家好像就非睡不可，有時因為比較忙，吃午飯前還在想，算了，今天就不睡了吧，可是往往意志不堅，吃到一半就改變主意，或者有時是一吃飽就睏了，然後差不多是立刻躺下。

能常常睡飽飽的午覺，實在是好幸福哇。

睡飽起來，我還會看一會兒電視。大陸有很多人文類的節目都做得很精彩，內容也很扎實，看完以後常常會有一種頗有收穫的感覺。

每天下午，大約從兩點或兩點半我才會坐到書桌前，到出門去接丁丁至少還有四個小時的時間，和以前傍晚五點左右出門相比，感覺上延長了很多。

我也不一定天天都在工作，有時就是看看書、寫寫信、聽聽音樂。有一陣子陸陸續續看了一部系列紀錄片【那一段風花雪月的往事】，講沈從文．張兆和、徐志摩．陸小曼、巴金．蕭珊等那一代文人的愛情故事，有時我眞覺得自己就像還是生活在那個時代似的。至少，像我這樣不用電腦、不收也不發電子郵件的人大概眞是不多了。我喜歡這樣簡單的生活。

有時，已上大學的東東會突然發來簡訊：「大胖媽，來接我回家吧。」這是表示他想提早在週四就回家，我也會立刻放下手邊的事，高高興興地出門。我早就成了東東所說的「胖媽的士公司」啦。東東要提早回家的簡訊，往往是我平靜的午后時光中最大的意外。

興趣班

台灣的才藝班，在大陸叫做興趣班。以前在台灣時就曾聽到不少小朋友抱怨整天被爸爸媽媽逼著學才藝，也聽過不少家長發牢騷，說爲了督促孩子學鋼琴呀小提琴呀，總是弄得親子關係非常緊張，可是不督促又不行，小孩玩心重呀，動輒半途而廢也不好吧，會不會影響到孩子將來的做事態度呢？……

家長強勢主導（實際上就是「逼」啦）讓孩子學才藝的情況，在大陸一樣存在，甚至更爲嚴重。

離我們家不遠的一家兒童活動中心，其實也就是一家比較有規模的「興趣班中心」，開辦了各式各樣的興趣班，最近在一樓闢出一排樹窗，除了張貼作文興趣班中小朋友優秀的作品之外，也歡迎小朋友寫些自我介紹、表達心聲的小字條，本意是爲了提供小朋友交流的機會，也爲了讓小朋友尋找志同道合的小夥伴，進而互助互進。這項安排似乎頗受小朋友的歡迎，小字條貼得滿滿的，不過，很多都是在抱怨。抱怨誰呢？當然是抱怨父母。

「傳統版」的抱怨是——「興趣班根本是爸爸媽媽的興趣！」「爸爸媽媽對我很有愛心，但也很嚴格，總是叫我做這做那，學這學那，我都沒有時間玩！」「我將來也想上名牌大學，可是我不喜歡每天都有寫不完的作業，好不容易寫完了，還要練琴！」

還有「影視版」的抱怨，很有趣——「《還珠格格》續集裡有『知琴』、『知棋』、『知書』、『知畫』四姐妹，各有各的專長，可是媽媽只有我一個女兒，我只好『四位一體』，琴棋書畫全要攻，好辛苦哦！」

能上興趣班的孩子，都是來自家境不錯的家庭（這一點比台灣要更爲明顯），因此，家長們自然也是用心良苦，總覺得既然自己有能力，理當爲孩子創造比較好的條件，增加孩子將來勝出的機會。畢竟，社會競爭太激烈了。「別讓孩子輸在起跑線上」在小康階層中是一種相當普遍的觀念。

別的不說，就拿眼前的中考（考高中）和高考（考大學）來說，在興趣班若能學出些名堂，可以加分，非常實惠。

東東大一寒假期間，報名了一個圍棋班，上課第一天，很多家長都盯著他，一臉困惑，大概是搞不懂他到底是老師還是家長?就連報到時，工作人員只瞄了他一眼，也匆匆問道：「你的小孩是在哪一班?」東東差點沒昏倒，一回來就問我：「我看起來有那麼老嗎?」

我想，一定是因爲會來上這種興趣班的幾乎都是小孩子，別人看到他，自然很不習慣。

果然，有一位家長在得知東東已經上大學時，馬上就很不解地問：「那你幹嘛還要來學圍棋?」

東東照實回答：「我對圍棋有興趣啊。」

寒假結束，東東如願考上了業餘二段。他和丁丁學鋼琴多年，我從來不鼓勵他們去考級，不過東東說圍棋沒段位不行，要和人家下棋時很不方便，所以非考不可。東東上一個段位是跆拳道黑帶三段，那還是他國二的事。只可惜升上國三以後，功課壓力大，他就沒時間去踢了，後來對跆拳道的興趣也就淡了。

丁丁的中考之路

有一年六月，我哪裡也不敢去，因爲在那年六月最重要的事就是陪東東參加「高考」（大學聯考）；前兩年六月，最重要的事則是陪丁丁參加「中考」（高中聯考）。

丁丁參加中考，對我們是一件新鮮事。東東沒有考過中考（二〇〇二年暑假，我們搬來南京時，東東是剛參加完台北市的高中聯招），所以，東東沒有什麼經驗可以提供給丁丁，丁丁只能按照學校安排的日程以及老師的指導，一步一步展開他的中考之路。

中考是從英語口試開始鳴槍起跑。英語是主科，和數學、語文一樣，滿分是一百二十分，只不過其中有十分口試在四月份先考，六月中旬中考時英語的卷面滿分就是一百一十分。

丁丁考英語口試那天，我挺緊張的。雖然一般來說，其實在口試時，老師都不會太過刁難，但小丁丁的英語實在是相當糟糕。毫不誇張地說，他的數學和英語在班上都是數一數二，不過，數學是正著數，英語是倒著數。

所幸他居然通過了！稍後在家長會上，英語老師還很高興地跟全班家長宣佈：「我們班同學英語口試全部拿了十分！包括……」老師還特別提到了丁丁的名字，眞是讓我哭笑不得！

考完英語口試，接下來要考體育。體育滿分三十分，也要列入中考成績。考什麼呢？考三項——一分鐘跳繩、五十米跑步和籃球運球。

丁丁說，後兩項都沒有問題，在學校模擬測試時，他都是一次就過關，但他對「一分鐘跳繩」比較沒有把握。所謂「一分鐘跳繩」，是指在一分鐘之內要跳一百二十下才算及格。

於是，好長一段時間以來，每天晚上在丁丁準備洗澡之前，我一定陪他運動一分鐘；就是幫他看時間，還有幫忙數他跳了幾下。

幸好，丁丁雖然不愛運動——這固然有先天因素，可能也有後天因素，又或者不管先天後天其實都是一回事，因爲我自己就是不愛運動，平常也幾乎不動，印象中我好像從來不曾帶他們去打打球、跑跑步什麼的——但至少丁丁的運動細胞還可以，意思就是說，練習練習還是有救的。

本來我提議下樓到咱們社區廣場去跳繩，丁丁說太麻煩了，而且萬一天氣不好還不能跳，我想想也有道理，於是便天天都在我們家餐廳跳；主要是看在客廳是鋪地板，餐廳是鋪磁磚，當然要在餐廳跳才不會傷到地面。

你可別小看這每天一分鐘的運動量。第一天看丁丁一跳完喘得那麼厲害，我心想哪會這麼累呀，太誇張了吧，讓老娘來試試看；結果，我還跳不到二十秒就差點兒沒氣了！

經過半個多月每天一分鐘的練習，考試那天，丁丁發揮正常，在一分鐘之內跳了一百二十五下，過關了。再加上另外兩項，體育測驗他順利拿了滿分。班上同學除了幾個女生，大部分也都是滿分。

我想，中考之所以還要考體育，大概是希望孩子們在繁重的課業壓力之下也能注意身體，鍛鍊體能，立意是不錯的。問題是，一考完體育測驗，丁丁又恢復正常，一動也不動了。

家長會

丁丁初三那年，在第一次模擬考之後，學校把所有初三學生的家長召到學校開家長會。我當然是準時參加。

在大陸參加家長會的經驗和在台灣時截然不同。首先，這裡的家長會都是在平常上班天，只要一說「要去學校開家長會」，不管是公家單位或民營單位，主管都會馬上放人，絕不會攔著你，因爲，「小孩的教育問題非常重要」是社會上一個極爲普遍的共識。其次，這裡的家長會是按照年級分別召開，而且通常都分兩個階段，先是學校工作報告和家庭教育講座，再來是讓家長回到各班，由班主任和各科老師一一報告。

整個家長會開下來，起碼要三個多小時，相當累人。報上曾經登過這樣的消息，說有中學生因爲成績下降，不想讓家長弄清楚，居然跑到職業介紹所想要臨時雇一個假老爸或假老媽來參加家長會！

這可眞是異想天開，畢竟還是孩子的思維，實際上是很難行得通的。因爲通常每學期至少要開兩次家長會，如果孩子太久沒有拿要開家長會的通知單回來，一般家長是很容易起疑的。家長都很想了解自己的孩子在班上各科的相對位置，這些訊息，各科老師都會在家長會上做詳細的解釋。

我眞佩服這些老師，他們手頭上當然不止一班，可是每一班的情況，包括考試均分啦、哪些學生上課態度良好啦、哪些學生特別調皮搗蛋啦、哪些學生經常不交作業啦、哪些學生考試進步明顯或退步顯著啦，老師都弄得清清楚楚，甚至還經常列印一些各個學生的學習狀態分析，在家長會上公佈。總之，每次家長會的內容都非常非常扎實，光是筆記我就可以記一大堆，每次開完家長會，我都會覺得呆呆的，大概是腦細胞消耗太多了。

前兩年去參加的一次家長會，因爲丁丁他們是初三，馬上就要中考啦，學校特意安排了一場家庭教育講座，現場還分發了一張備忘錄，上頭列舉了一些家長的「忌語」（就是避免說的話），比方說：

・「看你這樣兒，沒希望了！」（任何時候都不能打擊孩子，而要不斷鼓勵孩子。）

・「人家某某這次模擬考是多少多少分，上名校肯定沒問題了，你呢？你完蛋了！考這種分數有什麼用？」（拿別人的孩子來踩自家的孩子，這好像是很多父母慣用的技倆；至少我對這種「句型」就感到很「親切」、很「熟悉」，因爲在我上大學以前，爸媽也經常這樣跟我說。）

・「現在是關鍵時刻，再不努力，來不及了！」（愈是關鍵時刻，父母愈應該沉得住氣，不要再增加孩子的壓力。）

・「好好複習，中考來一個超常發揮！」（父母對孩子的期望一定要合理！）

・「考不好沒關係，盡力就行！」（專家說，這句話也有問題，家長最好少講爲妙，因爲這句話太消極了，好像暗示著就那麼肯定孩子一定會考不好似的。）

……看來，在這種階段性重要考試到來之際，家長不管想說什麼都得「三思而說」，更何況不管說什麼，其實往往都只是反映出家長自己的焦慮！

丁丁的要求

丁丁考高中的那一年，在三月下旬，他要求不要再去學校了。

理由是：一、初三的新課都已結束，接下來全是複習；二、班上紀律愈來愈差，實在很吵，老師上課時總要花很多時間叫大家別吵（大概是考期將屆，很多孩子因爲焦躁或產生了放棄的心態，所以特別吵鬧）；三、作業太多，以致於他都沒有時間自己念書。

關於作業太多，這一點我是很清楚的。大陸大部分的學校還是奉行塡鴨式的教育政策，所以，上課時間長，作業量也很大。而很多家長對於塡鴨式教育也都頗表歡迎，認爲這是學校「負責任」、「抓得緊」的表現，有助於孩子考上理想的學校。

在丁丁升上初三後不久，學校曾把這些全年級排名在一百至兩百名之間，所謂中間段的學生家長召到學校開家長會，說要把這一個階段的孩子再推一推，使他們更好，因爲這個階段的孩子比較有潛力，也比較容易看出明顯的進步。校方好意爲這些孩子在週日上午開一個加強班，收費很低，鼓勵我們家長爲孩子報名。

在開始發報名表的時候，我站起來就走人了。開玩笑，平常週一到週五上全天，週六上半天，已經天天都得早起，天天都睡眠不足了，如果連週日也得一大早就上學，那還怎麼活啊？別說丁丁了，連我也吃不消。

而且，所謂加強班，是一個上午把數理化和語文、英文五門主科統統都上，我覺得這種方式並不適合丁丁。丁丁並不是每一科都需要強化，他是所謂「偏科」狀況比較明顯，理科很不錯，文科比較弱（和我當年念書時剛好相反！），我覺得丁丁眞的很需要有時間來加強自己的文科。

偏偏他動作很慢，每天晚上大大加洗澡就要花一個小時，彈鋼琴半小時，晚餐加飯後休息一下下大概至少要四十五分鐘，這樣算下來，一個晚上的時間已經不多了，而每天的作業又幾乎都是奇多無比！

面對「作業量大」這樣的「困擾」，東東丁丁的處理方法完全不同。東東是直接了當地向老師報告，說他要念書，沒時間寫作業，所以就不交作業。這麼做，有的老師表示理解，並且默許，有的老師則會在他考試成績不理想時出言挖苦。

丁丁覺得這樣太麻煩了，所以就和三五好友組成「抄作業團伙」（「團伙」就是我們所說的「犯罪集團」的意思），大家「協同作戰」，各寫一部分，然後互抄。

丁丁提出「不上學，要自己在家念」之後，我考慮了幾天。期間和東東商量，東東一開始不贊成，因爲丁丁最近挺迷一個日本卡通《薔薇少女》，裡頭的男主人翁，名叫純，是一個中學生，就是因爲有某種心理障礙而不肯上學。東東說：「丁丁不會是也想當『純』吧？」

我說不會，我確信丁丁提出這樣的要求是眞的想念書，並不是出於逃避。

於是，我還是硬著頭皮去學校找班主任、教務主任，提交申請書，讓丁丁從三月底開始待在家中自修，不過，有月考、模擬考時當然還是要去考。我知道校方也許都會覺得我這個家長很荒唐，但是，我相信丁丁，我覺得我應該支持他。

世界杯和中考

記得在二〇〇二年，我替浙江少兒社編選一本小朋友的作文選時，讀到不少小朋友描寫全家都是足球迷，都爲世界杯瘋狂，或者老媽如何在父子聯手「感化」之下也變成球迷的文章（我發現女人看足球如果不是爲了看帥哥，八成都是陪男人看！）。還有的小朋友怨嘆爲什麼世界杯剛巧就在畢業季節，害他都不能看球（因爲有些地方小學畢業的孩子還得參加「小升初」，就是「小學升初中」的入學考試，當然，這些初中一定都是名校）。

幾年前，當我讀到這些文章時，由於世界杯已結束，我對於小朋友文章中所描述的那股爲足球而瘋狂的情形還不大能體會，後來我可知道厲害了，而且有一年（丁丁初三那年）我們家也碰到了類似的情形：在世界杯即將開始之際，學校召開家長會時，就特別慎重其事地勸告我們這些初三學生的家長，孩子的中考非常非常重要，在最後關鍵的衝刺階段，家長最好以大局爲重，犧牲一下，不要看世界杯，以免影響了孩子溫書。

幸好我對運動向來沒啥興趣，本來就沒打算看世界杯，所以也沒機會爲丁丁犧牲。我眞搞不懂足球有什麼好看？經常都是踢了半天還是零比零，而且，守門員最慘了，根本都玩不到，一旦被人家踢進了，好像還得背負很大的責任……如果我有同事，大家在一起交流觀賞世界杯的心得，我大概只能發表以上這番幼稚的言論。

那一段時期，在咖啡館裡頭到處都可聽到大家都在談世界杯，一個個都是口沫橫飛，頭頭是道。只有我像一個局外人。奇怪，此情此景突然讓我聯想起多年前（有沒有二十年前？）台灣股市最好的時候，各個餐廳裡人聲鼎沸，也都在大談股市一樣！當時我也是局外人，因爲我對炒股票毫無興趣。

不過，在一個月的疲勞轟炸之下——主要是每家報紙都是鋪天蓋地的世界杯報導，和一大堆所謂的「球評」專欄，電視更不用說，那段期間就連廣告也十有八九都是緊扣世界杯！——我居然也培養出一點點的興趣，認得幾位球星了，開始會關心一些運動員的故事了，最後甚至還熬夜看了爭奪冠軍的決賽！那天夜裡，從窗戶望出去，還眞是幾乎家家戶戶都亮著燈！

大陸對足球的熱情眞是令人深感不可思議！

在那段期間，我當然是關心另外一件大事，那就是丁丁的中考。中考結果，丁丁雖然沒能上第一批省重點的學校，但也算是高分考上第二批市重點，我覺得已經相當不錯，丁丁已經相當盡力了，不僅是因爲他的總分比學校模擬考時高出了五十至七十分，更因爲在全市七萬九千多考生中，能考上第一、第二批的考生還不到兩成哪，競爭實在太慘烈了！

一次有意義的活動

如果不是有特殊原因，東東上大學以後每個禮拜五下午就會回家。我若人在南京，一定會開車去接他；我若不在，他就自己坐校車回來，也滿方便。反正丁丁是最喜歡禮拜五了，儘管隔天週六還是要上一天的課，可是禮拜五他放學回到家，幾乎都會看看東東。

有一個週末，東東沒有回來，是因爲參加了一個頗有意義的活動。當地政府把在南京念書的境外學生也就是包括港澳台的學生集中起來，到一個境外人士比較多的社區以及一所在南京頗有規模的兒童福利院，一方面參觀，另一方面也做些康樂活動和義診等等。當然，有資格提供義診的是東東學校以及一所著名中醫藥大學的老師，像東東他們這些醫學院的學生則只能提供量血壓的服務。

東東說，那可是一項艱鉅的任務，因爲藝術學院的學生就在不遠處唱歌跳舞，蹦蹦跳跳，音樂聲震天價響，而他們還得為一大堆老先生和老太太量血壓，經常量了半天，什麼也聽不到。

「那怎麼辦呢？」我問。

東東說：「我只好說很正常。」

有一回，他抓住音樂暫停的間隙，眞的量出一位老太太的血壓很正常，當他一說「很正常」時，老太太非常高興，連連說：「我就說嘛，我怎麼會有高血壓，小伙子，你眞棒！」然後還轉頭朝她的朋友大聲吆喝：「嗳，這個量得比較準，趕快來！」

才幾秒鐘的工夫，東東身邊馬上圍了一大堆的老頭老太！

其實，也不是別的同學就不會量。由於音樂的干擾，那天活動才剛開始沒多久，大家就量出一大堆高血壓！而當這些學生說：「好像有高血壓……」很多老頭老太都很生氣，立刻瞪著眼睛嚷嚷著：「瞎說！我怎麼可能會有高血壓！再量一次！」

於是，學生們很快就有了共識：凡是量出來的數字高得太離譜的，肯定是因為受到音樂干擾量不出來，乾脆直接就說「很正常。」

東東問我，為什麼一說「好像有高血壓」，他們就那麼生氣啊？我猜這也許也就是一種怕老的心態吧。

東東說，那天的活動還挺有意義，至少讓他對醫生的責任有了更深一層的體會。比方說，明明只不過是量血壓，很多人在量完之後都捨不得立刻走，還要大談特談自己有什麼地方不大對勁，好像恨不得把自己一輩子所有不舒服的病痛經驗一口氣統統說出來！東東說，難怪那些庸醫總是那麼容易就能騙錢，因爲一般人對「醫生」都是非常信任的。

而去兒童福利院，看到那麼多可憐的孩子（有不少都是棄嬰）更是讓東東感到很難過。「影響」所及，那天他一回來就教訓丁丁：「那些小孩，他們有什麼錯啊，可是一生下來就只有半個腦子，就有一堆奇奇怪怪的病，就被父母拋棄，你什麼毛病也沒有，還總是這麼要死不活，一點精神也沒有！」

我看東東那麼疾言厲色，丁丁卻還是一臉無辜的模樣，只好趕緊上去爲丁丁緩頰道：「噯噯噯，他是你弟弟，不是你兒子呀！」

吾家有子初長成

暑假結束了，東東丁丁都陸續開學了，白天家裡又是我一個人了。在二〇〇六年那個暑假裡，我們家發生了兩件大事，一個是小丁丁上了高中，另一個就是東東有了女朋友。若用大陸的說法，就是東東和他的「小對象」「確立了戀愛關係」，若用丁丁的說法則是「東東已經變成Colour Wolf了」。

這兩個孩子，明明也只相差三歲八個月，不過愈長感覺歲數就相差愈多。儘管兄弟倆到現在仍常常在一起下下圍棋，或交流打電動、彈鋼琴之類的經驗，但已經十六歲的丁丁感覺上仍像一個兒童，連他初三時班主任都還在成績冊上這麼描述：「該生單純可愛……」東東則好像從十二歲左右就已經進入「憤青（憤怒青年）」的階段。

對於女孩子的興趣，兩人更是大不一樣。丁丁到現在對這方面仍一丁點兒的心思都沒有，東東則是在國中時期就失戀過了。當時，爲了安慰他，我還趕緊搬出自己

「恐龍時代」的遠古失戀事蹟，告訴他「初戀失戀」乃是極爲正常的。我記得咱們母子還曾經比賽過誰的初戀故事比較悲慘哩！

或許就是因爲東東在這方面開竅得早，我也從好久好久以前就做好這方面的心理建設，比方說，只要是他們喜歡的，我也一定會喜歡（否則只會把兒子往外推！做長輩的一定要放聰明一點）。

我也常會對東東循循善誘，要做一個紳士，更要做一個騎士，對待感情一定要認眞，而且，絕對不可以把戀愛中的麻煩和壓力推給女孩子等等，東東也很樂意和我大談戀愛經，眞是——好可愛啊！

東東自己也想得挺遠挺多的，有一次，還突然頗有感慨似地對我說：「哎，妳把我養得這麼大，馬上就要送給別人了！」

暑假期間，東東的小女朋友來我們家玩，住了一個禮拜。女孩來之前，我特別跟丁丁說，除非東東主動來找他下棋，否則就別一直去找東東。結果，那一個禮拜，我和丁丁眞是「相依爲命」，不知道看了多少的卡通片和漫畫書。

有一天早晨，我聽到樓上女孩的房間有動靜，知道女孩醒了，正想上去看看，卻發現東東不但也已經察覺到女孩起床，而且還動作很快地已經把女孩的早餐放在餐桌

廣　告　回　信
台灣北區郵政 管理局登記證
北台字第15949號

235-62

台北縣中和市中正路800號13樓之3

印刻出版有限公司　收

讀者服務部

姓名：________________　性別：□男　□女

郵遞區號：__________

地址：____

電話：（日）________________　（夜）________________

傳真：________________

e-mail：____

INK

INK PUBLISHING

讀者服務卡

您買的書是：________________________________

生日：________年________月________日

學歷：□國中　□高中　□大專　□研究所（含以上）

職業：□軍　□公　□教育　□商　□農

□服務業　□自由業　□學生　□家管

□製造業　□銷售員　□資訊業　□大衆傳播

□醫藥業　□交通業　□貿易業　□其他________

購買的日期：________年________月________日

購書地點：□書店　□書展　□書報攤　□郵購　□直銷　□贈閱　□其他

您從那裡得知本書：□書店　□報紙　□雜誌　□網路　□親友介紹

□DM傳單　□廣播　□電視　□其他

您對本書的評價：（請填代號 1.非常滿意 2.滿意 3.普通 4.不滿意 5.非常不滿意）

內容______　封面設計______　版面設計______

讀完本書後您覺得：

1.□非常喜歡　2.□喜歡　3.□普通　4.□不喜歡　5.□非常不喜歡

您對於本書建議：

感謝您的惠顧，為了提供更好的服務，請填妥各欄資料，將讀者服務卡直接寄回或傳真本社，我們將隨時提供最新的出版、活動等相關訊息。

讀者服務專線：（02）2228-1626　讀者傳真專線：（02）2228-1598

上，並倒好牛奶。不過，有一個小小的問題，他忘了倒自己的，一看到我過來，馬上把杯子遞給我：「媽媽，幫我倒牛奶吧！」

不管將來如何，好奇怪，我現在已經有一種好像是多了一個小孩的感覺，我大概也算是邁入人生一個新的階段了。人生眞是奇妙！

東東愉快的小日子

東東自從升上大二以後，小日子眞是過得挺滋潤的。

首先，當然是有了小女朋友。其實，不少朋友都覺得我應該引導東東等完成學業以後再「談對象」，可是我覺得「對象」這種東西，又不是青菜蘿蔔、糖果餅乾，等你覺得有時間了有經濟能力了該談了，說想談就有得談，說想找就找得到的，人海茫茫，這實在很需要緣分啊。只要他們倆現在都是認眞對待彼此，東東又能是一個有責任感的紳士，我覺得也沒什麼不好的。我還挺羨慕他們的呢。

其次，是東東對於所學的專業臨床醫學愈念愈有興趣，念得也還不錯。他自從高一下學期立定學醫的志向以後，就沒有改變過，現在大學一年念下來，幸好仍然保持著高度的興趣，這也算是頗難得的。

第三件值得一提的是，他當上了學校棋社圍棋部部長。當年自從我們搬到南京之後不久，東東就說想學圍棋，後來也眞的學過一段時間，可惜因爲高中階段課業壓力太大，學圍棋又實在很需要時間（或者應該說不管學什麼都很需要時間），只好忍痛暫停了圍棋教室的課，改爲自己在家偶爾排排棋譜啦、看看圍棋雜誌和書籍啦，還有就是激發了丁丁對圍棋的興趣，兄弟倆沒事就擺開陣勢對奕一番。

新學期開始後，身爲圍棋部部長的一大任務，當然就是招收新會員。招生活動那天，東東可拉風了，先是教幾個說是一點也不會的小女生下棋，贏得一片崇拜的眼神，再把幾個說是會下一點的男生統統砍成肉醬，大家還紛紛大呼：「部長太強了！」

其實東東並不算多強，他一直很清楚自己在這方面的斤兩，他只是眞的很有興趣。東東目前是業餘二段，預計不久後可以升上三段，因爲他曾經考過升三段的升段考試，結果功敗垂成，只差那麼一點點！我們當天的牛排大餐也因而只好算是慰問；之前我們已經約好反正當天一定要去吃牛排，考上了算慶祝，沒考上算安慰。

東東當初第一次去考想升一段的升段考試時，也很可惜，也是在比小分時只差一點點結果沒升成。不過東東倒也看得開，並沒因此就放棄圍棋。他說，反正就是這麼回事，想升段一定要有絕對優勢才能十拿九穩，才不必去比小分，所以歸根結柢還是要好好加強自己的實力。後來他在升二段時，因爲實力有所長進，就跳過了初級組，直接報名一段升二段那一組。

現在東東積極參與圍棋部的活動，除了丁丁之外，又多了好些志同道合的棋友，當然非常開心。我相信他是不會本末倒置，因此而影響學業的，在這樣的前提之下，如果能多鍛鍊做事能力，也是好事。

社團招生活動那天，東東還有一個非常驚喜的發現，那就是在新會員中居然有一個業餘四段的學妹，而且答應以後會常常來社裡下棋，和東東一起切磋棋藝，東東眞是樂壞了！而他的小公主一開始對此雖然有一點點不悅，不過還是很快地就非常明理大度地表示了支持。（當然，我相信東東一定也做了很多「純下棋」的保證！）

從三大問題說起

你有沒有想過，你每天最常和孩子說的話是什麼話？

在報上看到一則報導，說大陸父母每天向孩子問得最多的三個問題，依序是：

1.「作業做完了嗎？」

2.「怎麼這麼晚才回家？」

3.「和誰出去了？男的女的？」

其實我想在面對一個中學生——包括初中和高中，大人最關心的大概也就是這三個問題。

比方說吧，有一次，已是高中生的丁丁剛考完期中考，他還在學校考最後一科的時候，我就已經接到學校群發給家長的簡訊，告訴我們孩子們將於幾點考完，意思無非是便於我們掌握孩子的行蹤，此外，學校一方面在簡訊上說剛考完期中考，不妨讓孩子適當地休息調整，另一方面又鄭重請家長注意孩子們，不要有男女生交往過多和結伴去網吧（咖）的行爲。

我很幸運，在這三個問題中，第二和第三個問題我從來不需要操心。

先說第三個問題。坦白說，東東丁丁都還頗有女生緣的，不過他們倆的情況不同。東東雖然開竅得早，高二時就已經有了心儀的對象，不過他是一個癡情種子，爲了女孩好（因爲東東頗相信老媽所說關於這種事對女孩子影響會比較大之類的言論），他差不多憋了兩年，直到女孩也考上大學了，他才跑去表白，然後兩人才開始交往。

丁丁則是尚未開竅，甚至我和東東都懷疑丁丁到底會不會有開竅的一天！丁丁實在是一個滿特別的小孩，他很懂事，經常也會突然說出一些讓我們相當吃驚的深刻的話語（儘管我們都很好奇，丁丁不大愛看書啊，他這些深刻的想法是從哪裡學來的？漫畫嗎？）可是大體上丁丁又是一個單純無比的小孩，在有限的課餘之暇，他有很多事情想做，似乎也挺享受自己的世界。

丁丁還有一些根深蒂固的「規矩」，比方說「未成年本來就不該去網咖」、「高中生本來就不該談戀愛，東東太色狼了！」老天爺，連我都不曾那麼斬釘截鐵地管教他，他自己卻會對一些規矩徹底奉行。對此東東的說法是：「這傢伙是不是念書念得呆掉了?」

就算出門,他們都會主動告訴我是和誰一起出去玩,他們的好朋友我都認識,而且說幾點回來就幾點回來,臨時想要延遲一些也一定會打電話告訴我,甚至還徵詢我可不可以。

更多的時候他們是要我陪著一起出門,看電影啦、買書啦、上館子啦。近來每逢週六傍晚,丁丁一放學,我們接了丁丁還一起去玩「萬智牌」(在台灣叫做「魔法風雲會」),滿屋子都是年輕男孩,大多是大學生,也有的是大學畢業已做事兩三年的,只有我一個中年人還是媽媽坐在一邊看他們玩。看他們開心,我也開心。

在家我們也常在一起看碟片。有時玩得稍嫌過分,我也會因良心不安而突然問他們「哎,書念得差不多了吧?作業寫完了吧?」不過,這兩個臭小子眞是翅膀硬啦,居然還會立刻「回敬」我哩,說什麼「那妳的稿子寫完了沒呀?我要告訴編輯喔,說妳在偷玩!」

逼子成龍，逼女成鳳

有一句老話——「望子成龍，望女成鳳」，可是我感覺大陸的很多父母簡直是「逼子成龍，逼女成鳳」，孩子們所承受的壓力實在是太大了。

當然，父母也很難爲，畢竟「人太多，資源有限，競爭慘烈」是一個不可否認的社會現實，誰不希望自己的孩子將來能過比較好的生活呢？甚至，還有不少父母是指望把孩子逼出來之後，能連帶地使全家人的生活都能獲得明顯的改善；當然啦，比較崇高的境界是——父母對孩子是「只問付出，不問回報」的，可是平心而論，我覺得就算想問回報其實也是人之常情，特別是對那些生活比較艱難的父母來說，這種盼望往往會成爲他們生活的動力，能支撐著他們繼續奮戰下去。

或許我眞是年紀大了，對弱勢的人會多一份理解與同情。我覺得能不向孩子訴苦，不動輒把「都是爲了你」掛在嘴邊，並且眞心不打算日後要向孩子索求回報的父母是了不起的，但就算是做不到，也不是窮兇惡極。對很多人來說，生活確實是太不易了。

不過，不管怎麼說，孩子就辛苦了。孩子的辛苦，主要就是來自於父母在「逼子成龍，逼女成鳳」心態下的「大顯神通」。

所謂「家裡條件比較好」的，就是手頭比較寬裕的，會逼著孩子學這學那，而學習任何課外才藝的目的，往往也是希望對升學有幫助。

比方說，當人家知道東東丁丁會彈鋼琴時，幾乎立刻就會問：「他們是幾級？」我說：「不知道，沒考過。」別人都覺得我很奇怪，因爲，鋼琴考級在重要考試時是可以加分的，很多人可能會認爲，如果學鋼琴不爲加分，那幹嘛還要學？

不久前，有一個作文比賽，題目是「給我一點時間」，結果，在四千多份作文中，居然有百分之七十以上的文章驚人的相似，都在大罵媽媽，把媽媽妖魔化，說媽媽斤斤計較，考試少了一分就要大發脾氣，看一會兒電視她就要「河東獅吼」……（咦？爸爸都到哪兒去了？）儘管媽媽們一定都會說「我是爲你好」，可是孩子們顯然是不大領情的。

還有一個屠戶，擔心兒子學習成績不好，又深信「吃啥補啥」的觀念，竟每天強迫兒子吃豬腦！長期下來，兒子的成績未必有多好，卻被醫生確診爲肥胖兒；剛滿十四歲，除了體重達到六十六公斤以外，其他各項生理特徵並無明顯異常，也就是說，大腦也沒有特別發達，只是被搞得連看到白豆腐都反胃！

其實，「行行出狀元」、「條條大路通羅馬」、「兒孫自有兒孫福，莫爲兒孫做馬牛」、「天生我才必有用」……等等一大籮筐的大道理，大家也都知道，可往往就是忍不住，到頭來還是很容易就隨波逐流了，你逼我也逼，看看最後到底是誰能把子女逼得成龍成鳳！

更何況，如果擁有一張名牌大學的文憑，確實還是非常非常管用的，這也就更加深了很多父母「逼子成龍，逼女成鳳」的信念啊。

吃苦教育

在大陸有一首流傳甚廣的歌，叫做〈常回家看看〉。大陸太大，如果離開老家去外地求學或工作，實在不容易能經常回家看看，除非等到放長假的時候。

原本一年有三個長假——「五一」、「十一」和農曆春節，不過從二〇〇八年開始，基於多方面的考慮，「五一黃金週」的長假被取消了，身在外地的遊子遂也少了一個可以回家看看的機會。

抑或是多了一個不能回家看看的理由？因爲沒有假，沒有時間啊！

我想起曾經看過一則報導，一對居住在石家莊市都已年過六旬的老夫婦，因爲想念在北京工作的兒子，竟然做出了一項壯舉——夫妻倆騎著一輛帶著簡易遮雨篷的三輪車，從石家莊出發，蹬了四百多公里去北京探望實在忙得抽不出空回家看看的兒子！

這實在是一個挺戲劇性的故事，讓我聯想起張藝謀的電影，當然，是《一個都不能少》、《秋菊打官司》那個時期的張藝謀！

據報導，一路上是老先生主騎。由於平時經常參加小區組織的自行車出遊，也就是經常鍛鍊，老先生平均每五分鐘就能將三輪車騎出一公里，不過每騎兩個小時，老太太就會換上來騎個十五分鐘，讓老先生稍做休息。

這對老夫婦也眞有意思，他們並不是一個勁兒地趕路，中間還在很多風景名勝區停留，可以說是一路玩到北京，再一路玩回石家莊。老太太告訴記者，他們結婚四十五年，雖然也曾一起多次旅行，但是最難忘的就是這一次了。

而他們的兒子則說，雖然他也已經是一個中年人，但是從父母這一次的壯舉，他不但強烈感受到父母的愛，也得到很好的教育和啓示。

我猜想這位先生很可能是想起了「吃苦教育」吧。

「吃得苦中苦，方爲人上人」、「不經一番寒徹骨，哪得梅花撲鼻香」長久以來一直是大陸這裡的主流價值觀，很多人甚至都還擔心現在大家的日子普遍都過好了，孩子都吃不了苦了，怕將來長大以後會沒有出息。因此，一直都有一種聲音，希望加強「吃苦教育」。

有的是老百姓主動發起的。有一位武漢某大學教授就曾經帶著十一歲的兒子，和一個十二歲的男孩，一起騎單車騎了三十四天從武漢一直騎到北京！（這也很可以成爲一部兒童電影的題材呢。）教授爸爸說，想透過這樣的活動鍛鍊孩子的吃苦精神，而兩個孩子在坐火車回武漢時也說以後要把吃苦的勁都放在學習上啦。

有的「吃苦教育」是學校安排的。就在這一個學期剛開始的時候，南京一所高中在一個週六的夜晚，把所有高一的孩子集中起來，十點半從學校出發行軍至紫金山，於翌日清晨七點前回到學校，全程二十七點八公里，中途休息兩次。後來學校很驕傲地宣佈，百分之九十八以上的孩子都完成了這次的吃苦實踐！

而家長對於這樣的活動似乎普遍都是支持的，因爲「疼孩子要疼在心裡」也是一種主流價值！不過，也有教育專家表示，「吃苦教育」不必重視某一次活動的強度，而要注重延續性，如何讓孩子持之以恆更重要。

「兩次生命」說

丁丁放學回來，說看到一個很誇張的標語。那個標語出現在一段錄像中。大概是爲了激勵大家好好用功，有一位老師在去蘇北（江蘇省北方）一些農村中學交流訪問時，特別用隨身攝像機拍了一段影片回來，讓大家知道農村的孩子是如何苦讀。

就在一間擁擠不堪的教室裡，丁丁看到牆上有這麼一個標語：「每個人都有兩次生命，第一次是上天給的，第二次是高考給的。」

「高考」就是大學聯考，每年全國有一千萬高中畢業生應考，但各省錄取分數線不同，孩子們所承受的競爭壓力也不同。江蘇省自古以來就是有名的「教育大省」，清朝在科舉制度存續期間，出自江蘇的狀元還居各省之冠呢，再加上江蘇經濟發達，吸引力大，江蘇的高考向來被公認是最難的，江蘇的孩子所背負的升學壓力自然也是最大的。江蘇省每年參加高考的孩子至少都有將近五十萬，其中南京的孩子只有三萬，很多人都說南京（應該說是城市裡）的孩子吃不了苦，不難想像當大家看到南京以外特別是蘇北一帶的孩子是那麼樣地拼命苦讀時，心裡總是非常焦慮。

這中間有一個「動力」問題。比方說，蘇北一帶的經濟相對比較落後，大家都希望孩子將來能到經濟比較好的蘇南，尤其是長江三角洲等地求學，日後更能在這一帶求職，然後安家落戶，而要怎麼樣才能達到這個目標？參加高考，考上一所重點大學，是最明白不過的一條路。對很多農村孩子來說，如果不想和祖祖輩輩一樣留在老家守著一畝三分地過一輩子，「考上一所好大學」可能還是他們唯一的一條路。所以農村的孩子特別篤信「讀書改變命運」這樣的說法，只要拼命苦讀，將來就很有希望來到城市裡發展，繼而謀求在大城市裡落地生根的機會。

可是城市裡的孩子當然不可能有這樣的動力，因為——「我們本來就在城市裡啊！」無怪乎對於「兩次生命說」那樣的標語，不僅丁丁覺得誇張，他的很多同學也都覺得誇張。

然而，我從這樣的標語中體會到許多農村孩子一種力爭上游的精神，以及努力擺脫既有命運軌道的掙扎。

「朝為田舍郎，暮登天子堂」、「十年寒窗無人問，一朝成名天下知」，從古詩詞中其實我們已經可以看到無數的年輕人都是靠著苦讀改變了命運。只不過對於今天的孩子來說，十年寒窗當然不夠，若從進入小學開始算起，至少也是十二年寒窗，更何況還有很多孩子從幼兒階段就已經被父母擺上了戰鬥位置！

我試著向丁丁解釋，「兩次生命說」的標語對很多孩子特別是農村的孩子來說，並不誇張，我還順便告訴他一些出身清貧的孩子如何力爭上游的故事，都是我從報上看來的。丁丁聽著，但顯然興趣不大，我剛剛講了一個段落，他一張口又和我說起卡通和漫畫來了。

或許若沒有近似的經驗，很多事情眞的是很難體會的吧。我忽然想起年輕時曾聽老一輩的說「結婚是女人第二次投胎」，當時我也是沒法體會和理解的。

有關「神奇爸爸」的聯想

最近，有一位男士受到媒體廣泛的關注，他的教子書也大爲熱賣，因爲他的六個孩子中，有五個是博士（還不乏是美國康乃爾大學、麻省理工學院等名校的博士！），另外一個是碩士，有不少媒體都把這位男士稱爲「人才魔術師」。

我讀了報上有關這位男士的報導。報上說，談到教子經驗，這位父親總結了他的經驗爲「五主動」和「三反對」；所謂「五主動」，包括「在孩子三歲以內，父母要主動開發孩子智力，尤其是數學思維」等等，「三反對」則是反對「順其自然」、反對「平常心」、反對「眼前虛榮」。

報上沒有解釋什麼叫做「眼前虛榮」，但引述了這位被稱爲「神奇爸爸」的另外兩個「反對」；他認爲「平常心」就是「胸無大志」（好像是指做家長的「胸無大志」吧？），「順其自然」更是家長爲自己的懶惰和不負責任開脫！「神奇爸爸」堅信「所有的天才都是管教出來的！」

「我們不能讓孩子像野花一樣生長。」「神奇爸爸」如是說，所以他反對「順其自然」。

眞是好可怕。照這麼說起來，我就是一個懶惰和不負責任的媽媽了！

我和東東談起這篇報導，東東說：「可是我相信最美的花都是開在野外。」

東東還特別強調，這其實是他的一種信念，他也知道人工栽培可以達到很多驚人的效果，可他還是願意相信最美的花都是生長在野外。

東東又說，不過也難怪永遠會有人相信「所有的天才都是管教出來的」這類的話，因爲很多小孩確實也是逼一逼馬上就不一樣了。

是啊，我也相信每個人的潛能都是可以激發的，有時我也會不免疑惑，我對東東丁丁是不是太鬆啦？如果不是我這麼「放牛吃草」，他們的表現是不是會更好？……可是我又想，我總不會對他們有害吧？只要他們有上進心，我也不可能妨礙他們吧？如果他們本身就不是很有企圖心，只要他們能夠做好「一枚小螺絲丁」的角色，至少也不會危害社會吧！

所謂「成人成材」，我眞的覺得實在很難要求每一個孩子都是社會未來的棟樑之材，但至少我會把他們撫養成人，而且都成爲人品端正、精神生活也挺富足的人，這樣應該也可以了吧！

曾經看過一則地方報導，一大堆家長漏夜排隊，只希望能爲小孩報名進入南京一所名牌幼兒園（就是我們說的幼稚園）。記者問一個年輕的爸爸，爲什麼要這麼辛苦？這個爸爸的回答簡直就是標準答案——「爲了別讓孩子輸在起跑線上。」

從新聞畫面看來，這個西裝革履的年輕爸爸看起來很像是一位高級知識分子，我不知道他是眞的相信那句標準答案嗎？還是只是未經思考地隨口說說？

人的一生，到底哪裡是起跑線？

我還是相信孩子只是經由我們來到這個世界，他們是一個獨立的個體，會走出自己的人生。我希望自己能眞心實意、完完全全地接受東東丁丁，不要把自己的意志強加在他們的身上。我就做一個「懶惰」的媽媽罷，不過我可不認爲這是不負責任。

慘無人道的作息

不少台灣的朋友都曾問過我，大陸的孩子補不補習？我想，和台灣的孩子比較起來，大陸的孩子補習算是相當少的，這並不是說家長不願意花錢給孩子補習，事實上大陸的家長一般來說都非常重視孩子的教育，信奉「再苦也不能苦了孩子」，所謂「不能苦了孩子」，主要就是指寧可自己省吃儉用，只要對孩子學習有幫助的一切費用，則該花就花，絕不摳門。大陸孩子普遍不補習（至少從週一到週五不補）的關鍵是——他們待在學校的時間太長了！

也就是「非不爲也，是不能也！」

丁丁自從上了高中以後，每天早晨七點二十就得坐在教室裡，直到晚上七點才能走出教室，他這算是走得早的，如果是參加晚自習，那就要九點才能放學。十月初一週假期來臨之前（其實說是「一週」，實際上丁丁的學校對他們高二只放了四天，而且還是一收假就大考，說「放」等於也沒「放」），丁丁就頗悶悶不樂，因爲收假之後學校規定要展開新的作息——早晨七點十分就得坐在教室裡開始早自習，晚上若不參加晚自習是七點五分放學。

我安慰他，也還好啦，也就是早上提早十分鐘，晚上延後五分鐘……其實我眞的很心疼，因爲從此丁丁每天在學校的時間就眞的足足十二個小時了！

他說，妳不知道，還有哪……他抱怨了一堆，什麼這裡的時間也縮短了，那裡的時間也延長了……總之，丁丁想不通，爲什麼學校老是這麼喜歡「斤斤計較」？這麼不斷壓縮他們的時間？

唉，怎麼辦呢？學校也是一番好意，希望學生能最大限度地利用零碎時間好好學習，同時也是爲了向家長交代，表示校方辦學認眞，把學習抓得很緊。如果說學校的作息「慘無人道」，那麼家長普遍都是幫兇！因爲學校這麼做絕對都是受到廣大家長的支持。很多人都說，孩子待在學校，「就像進了保險櫃」，意思是有老師盯著，家長就可以安心了。每次我抱怨孩子在學校的時間太長，別人反而都覺得我很奇怪，都說：「學校那麼負責不是很好嗎？」還有朋友會提醒我，千萬別讓孩子抱怨，更不可和孩子一起抱怨，疼孩子要疼在心裡，現在吃得了苦的孩子，將來才會成大器云云。

我從沒要求或期望孩子將來能多成大器，我一直都只希望他們身心健康，將來入了社會之後既能自食其力，也能自得其樂。其實要能做到這樣也已經很難了！

所以，對於丁丁的抱怨，我真是十二萬分地理解和同情。任何人只要肯將心比心站在孩子的立場想一想，應該就會覺得抱怨是正常的，不抱怨才是怪胎。所謂「高高興興上學去」根本只是大人的一廂情願！

但是，純抱怨、純發牢騷當然也不健康，我自然還是盡力給丁丁打打氣。我知道他並不厭學，事實上他的成績也一直是在穩定地保持進步，實在很不容易了，我知道丁丁只是非常不喜歡這種完全支配不了自己時間的感覺。有時我會想，如果丁丁將來也像我一樣做一個「個體戶」，他一定會很開心的……

寶島男的愛好

據我所知，台灣的孩子若到大陸就讀中小學，家長多半會選擇國際學校或是台商子弟學校，像我這樣把孩子送進當地學校的畢竟是少數。

因此，東東丁丁都有這樣的經驗——由於他們是少數分子，總有很多不認識的別班學生認識他們。

丁丁現在還有一個外號，叫做「寶島男」，就是因爲在他們學校高中部只有他一個台胞。（初中部因爲是不同校區，有沒有台胞我們就不清楚了。）

不難想見對於絕大多數的大陸孩子來說，接觸過台胞的經驗一定很少，甚至根本沒有，因此，「寶島男」怎麼樣很容易就給人一種「台灣人是怎麼樣」的印象。

最經典的例子是，當同學們發現丁丁是左撇子時，很多人居然還大吃一驚：「哎呀，台灣人怎麼是用左手寫字呀！」

一開始，同學們都興沖沖地想和「寶島男」交流追星的經驗，頻頻問丁丁有沒有在台北街頭看過這個或碰過那個，當大家發現丁丁竟然認不得幾個偶像歌手，都非常詫異，也非常失望。

有時連我都覺得東東丁丁挺「怪」的，他們從不上網吧，在家也從不上網路聊天室，他們甚至根本沒有電子信箱！不看連續劇，不聽流行音樂，不看綜藝節目，不穿沒有領子的T恤，不去KTV，不溜冰，不打籃球……總之，簡直不像是青少年！

幸好他們倆還看漫畫和卡通。特別是丁丁，他對日本動漫還頗有研究，和同學們也常交流這方面的資訊，一得知什麼雜誌出刊了，馬上就要我去幫忙買。我幫他去郵局劃撥郵購的動漫商品更是林林總總，不知道有多少。於是乎，原本大家都還非常納悶「台灣的小孩都在玩什麼？」到這個時候才終於恍然大悟：「原來台灣的小孩都喜歡玩這個！」

丁丁從小就滿喜歡畫圖，近年來迷上日本動漫之後，更是經常在畫那些動漫中的娃娃，什麼《薔薇少女》、《地獄少女》、《蟬鳴之時》中的少女，一直發展到現在半模仿半自創的少女們。東東房間掛的是《大河戀》、《魔戒》、《加勒比海盜》（《神鬼奇航》）等電影海報，丁丁房間裡掛的則都是他自己畫的娃娃們。我經常都在注意這些畫是不是又更新了，以便及時欣賞、及時讚美。

丁丁還經常在作業本和考卷上畫這些少女，弄得很多老師也都知道他喜歡畫娃娃，好幾個老師還誇獎他畫得很不錯，並問他將來是不是想朝動漫界發展？

對於這個問題，丁丁回答得很妙，他說：「想做這一行，應該在日本出生！」意思就是說，他將來還是想做一個「正式的」工作，這些都只是業餘愛好。

我一方面暗暗慶幸丁丁不會不切實際（這實在是一個非常致命的毛病！），但一方面有時也不免會想，或許丁丁就是把很多事看得太清楚了，所以不免會表現得比較消極。不管如何，性格是無法勉強的，只要他們將來都能自食其力，有一個愛好來自得其樂也挺好的。

制服夢

有一次和丁丁回台北時，照例在香港逗留一天，小玩一番。正値暑假，街頭自然是有很多和丁丁差不多大的孩子，而這些孩子都有一個最大的共同點，那當然就是——他們都是穿著便服。

丁丁居然大發高論：「眞奇怪，他們的制服那麼好看，爲什麼他們都不穿制服？」

這一方面是因爲丁丁在穿著上的觀念似乎古板得很，不大能欣賞一般青少年普遍的裝扮（他哥哥東東也是如此，再加上東東的模樣比較成熟，難怪當初在考大學時就已經常常被人家誤以爲是要考研究所了！）；另一方面，實在也是有感而發啊，因爲丁丁他們的制服實在不好看。

應該說大陸中學生（包括初中和高中）的制服都不大好看，都是讓十幾歲的孩子延續小學生的制服形式，那就是千篇一律的運動服！只不過各校會在夾克肩部或背後等部位加上學校的校徽或名稱，頂多基於實際需要有薄的及厚的兩套。

十幾歲的孩子長得快，制服一穿就是三年，家長們當然不可能爲孩子選擇合身的尺寸，總是稍大一些，更何況冬天的制服因爲裡頭還要加上棉衣棉褲及毛衣，更是要稍大一點點。

這些運動服還不分男女，不管是男生女生一律都這麼穿，這麼一來，放眼望去，孩子們簡直都一個樣，有時還男生女生都一個樣！這絕不誇張，東東有一個高中同學，當年剛剛同班時，他直到開學後一個禮拜才弄清楚原來那是女生！所以後來東東都戲稱那個女孩爲「花木蘭」。

把孩子們弄得這麼中性化其實是「用心良苦」，無非就是希望孩子們把心思全部用在學習上，別去注意什麼男生女生！

曾經發生過這麼一件事，南京某中學想要改革制服，還很民主地徵求學生的意見，學生都熱烈表達想法，結果孩子們一致盼望的制服——用一句話就足以說明，反正就是要像日本漫畫裡那樣！

可是等到設計草圖一公佈，卻引起家長們排山倒海的反對，家長們反對的理由也很簡單，他們覺得若孩子們穿上新制服，男生太帥，女生太靚，這樣不是會引發早戀嗎？那怎麼可以！要知道大陸每年可是一千萬考生考大學哪，就算是從小學算起，經過十二年寒窗苦讀都不一定就能保證考上大學，再分心的話可怎麼辦！

家長們的反對當然也招來孩子們的抗議，孩子們都說，笑話，早不早戀跟穿什麼樣的制服有什麼必然的關係，現在要我們大家都穿得這麼難看，還不是照樣有人早戀！

報紙也幾乎都聲援孩子，認爲孩子們說得有道理，家長們的思維未免太僵化、太死板、太可笑、太不可理喻了！

然而，鬧了半天，學校終究還是抵擋不住家長的壓力，放棄了改革校服的念頭。

孩子們若想要穿上日本漫畫裡的制服——唉，只有在夢裡過過乾癮了。

迷你旅行團

去年暑假，我有一件新鮮事——陪著東東和他的小公主，一起到蘇州、上海、杭州、寧波等地小玩了七天六夜。

現在在大陸想要自助旅行可是愈來愈方便了。首先，可以透過一些旅遊服務單位代訂旅館。這些旅遊服務單位都有二十四小時的免費服務電話，而且打過去之後，很快就可以找到眞人接聽。這一點實在很重要！完全符合我的習慣，要不然像現在不管想辦什麼事總是動不動就被要求「自己上網訂、自己上網查」，或者一個電話打過去，按鍵按了半天，電話轉來轉去，硬是找不到一個眞人來接電話，全是語音，讓你憋著一肚子的問題怎麼都沒法獲得解答，那種感覺啊眞不是普通的鬱悶！

這些旅遊服務單位的服務也非常好，我已打過N次，每一位服務人員的態度都之親切之耐煩的，比一般商場的服務水平眞不知好上多少倍！如果你對想去的城市並不熟悉，沒有指定旅館，他們會根據你的需要提供很多選擇。透過這樣的代訂服務，大概在人民幣兩百至兩百五（約合台幣八百多至一千）就可以訂到相當滿意（包括交通相當方便）的旅館。

所以現在只要知道有朋友要來大陸玩，我總是自告奮勇幫朋友們代訂各個城市的旅館，要朋友們只要買台灣和大陸之間的往返機票就行了，這麼一來在整體的預算上可是相差很多呢。

其次，現在大陸的交通也很方便，只要不是在春節、五一長假、十一長假，以及寒暑假頭尾學生、民工進出城高峰的時候，無論是機票、火車票或巴士票都很好買，代售點也很多，譬如很多郵局都可代售巴士票，很方便，不必跑到車站去買。

最重要的是，現在好像幾乎不管到哪裡都有高速公路，四通八達，火車也不斷提速，大大縮短了地理上的距離，也節省了大量旅行所需的時間。

暑假回台北時，有朋友大力推薦我去坐高鐵，可是我興趣不大，就是因爲在回台北之前，我剛帶著兩個小年輕出去玩，就坐了好幾趟目前最新的「動字組」列車，不僅車廂乾淨，座位寬敞，時速最快也可到兩百六十公里，而且車價也很持平，並沒什麼漲，感覺還眞相當舒適方便。

靠著這些客觀條件的便利，咱們這個迷你旅行團才能舒舒服服地幾乎一天換一個城市，也不覺得太過勞頓。此外，這些地方我都去過，還都去過好多次，熟門熟路，心理感覺也挺輕鬆。

一趟七天六夜玩下來，應該說吃得好、住得好、玩得好，兩個小年輕都玩得挺開心，再加上本人細心體貼，也甚得寶貝東誇讚。比方說坐火車時若三張車票沒有連在一起，我一定主動把相連的兩個座位叫他們坐，讓他們年輕人去嘮嘮叨叨浪費時間吧，本人要嘛看書要嘛閉目養神。其實啊，陪這兩個小年輕出來玩，清晨他們都還在睡大覺的時候，我還會早早爬起來工作一會兒呢，也很需要隨時把握時間休息。

這趟可說相當愉快的旅行，唯一美中不足的就是正值暑假，天氣實在是太熱了！東東說：「這種天氣出來玩，應該隨身帶著遺書！」由此你就可知道到底有多熱了！

給家長的功課

東東丁丁小時候，每當看到我在寫東西，問我在幹嘛，我多半都是說：「媽咪在寫功課。」日前，當我坐在書桌前，攤開稿紙，振筆疾書，還真的是在寫功課，寫丁丁語文老師規定要寫的一篇作文。

原來，在丁丁高一上的語文課本上收錄了一篇楊子先生的〈十八歲和其他〉，那是楊子先生寫給十八歲兒子的，於是老師要求咱們每一個家長，也都以書信體寫一篇〈給兒子（女兒）的信〉，實在寫不來的家長就口述，然後由孩子們紀錄整理。

這有什麼問題！接到指令的當天晚上，我很快就寫好了。

過了幾天，全部的家長都乖乖交了卷，而且絕大多數都是自己寫的。我覺得有機會寫一封信給孩子，談一談感受，眞的挺好的。大概大家都這麼想吧，所以似乎都挺樂意寫。

老師在班上說，全班家長劉某某的媽媽寫得最好。老師還要丁丁回來問我，同不同意把這篇文章登在校刊上。（聽到老師誇獎我，坐在丁丁附近，和他比較熟的同學都叫起來：「他媽媽是作家嘛！」）

又過了一陣子，我忽然想起這件事，就問丁丁，校刊出了沒？他說，早出了，一個多禮拜前就出了。

「你怎麼不拿給我看呢？」我挺納悶，催促著丁丁趕快把校刊拿出來。

這一看，發現了兩件事。首先，大概好幾個班的語文老師都向家長出了這項功課，所以學校在校刊上做了一個專題，把幾封家長的信放在一起，但文章全部只署孩子們的班級和名字。這很自然，因爲落款者不是「爸爸」就是「媽媽」。大體來說，媽媽寫的都挺感性，爸爸的就很理性。有一位爸爸，我猜八成是一個領導，大約平時訓人訓慣了，跟孩子講話也是官味十足，說起對孩子的期望更是一二三四，頭頭是道。

其次，令我大感訝異的是，在這麼多篇家長的功課中，只有我寫的信有回信！——校刊中同時刊出了一篇丁丁寫的〈回覆我的母親〉，是老師額外交代他寫的。

之前我一點也不知道！於是乎趕緊讀了起來。讀完之後，更意外了，因爲丁丁寫得還眞不錯，他老兄的作文向來是挺一般的呀！而且後來我看到他的原稿，看到老師只改了他幾個錯字，並沒有改別的，那些都是丁丁的話。

丁丁說，自從他上高中以後，最大的壓力就是我一直要他多吃一點。老天爺，他眞的瘦得像根牙籤呀！不過他挺寬容我的，他一方面說「希望妳能少給我一點壓力，就跟我儘量不讓妳擔心一樣」，另一方面也說「我不希望在我長大以後再來後悔現在沒有跟妳和平相處……」，丁丁還說：「我覺得最讓人痛苦的不是黑暗，也不是孤獨，而是自責。」

我問丁丁怎麼寫得出這麼深刻的話，他露出一貫天眞的笑容說：「妳忘了？那是從《薔薇少女》片頭曲的一句歌詞『比黑暗更可怕的是孤獨』變來的。」我這才恍然大悟。那部卡通是我們一起看的。可我還是覺得丁丁變得很棒。

【輯四】

生活點滴

巴士上的廣播劇

以前總聽人說，在大陸創業很難，大陸員工不易管理（主要還是觀念不同，比方說大陸員工不大有加班意識，往往一到下午五點半就全走光了！）還有就是和大陸人不易溝通（比方說，他們一開始都是說「沒事沒事」，不多久卻事情、問題一大堆）……對於這些，儘管我沒在大陸做生意，可是透過生活中許多的點點滴滴，我還是不難體會。

有一次我在從杭州返回南京的大巴上就聽到了這樣一齣「廣播劇」。

我上車找到座位的時候，鄰座已經坐了人，是一個相貌清秀的年輕人，看起來不大像大學生，像是已經在社會上奮鬥的上班族（稍後從他打電話的內容證實了這一點）。

他一直看著窗外，面色凝重，右手抓著手機，一付心事重重的樣子。我猜對於窗外的景物他很可能完全視而不見，因爲他看起來非常苦惱，一定早就深深地陷進心事之中。

車子剛開動，他就撥通了手機。

「大哥，怎麼樣了？……啊，還不知道？……什麼？可能出不來？……大哥啊，你這樣我沒法向客戶交代呀！怎麼辦？客戶明明要求明天要看第一批樣品的，明天出不來，這份訂單就算泡湯了！……怎麼解釋？大哥啊，你又不是不知道，台灣人機械得很，他既然說了好幾次明天要看貨，咱們明天就得有東西讓他看呀！唉，大哥，你眞是害死我了！拜託你再爭取一下，明天一定要看樣品，我告訴你多少次了，這份訂單如果做成了，以後的生意就會源源不絕啊！……」

年輕人的嗓門並不大，和大陸隨處可見的大嗓門相比，他算是相當斯文的了，可是就因爲那句「台灣人機械得很」，令我不禁留意起來，再加上他就坐我旁邊，想聽不到他說話也不容易。

緊接著他又打給另一位大哥，這個大哥大概是他公司的吧。年輕人把前面那個壞他好事的「大哥」臭罵一通，並頻頻央求公司裡的大哥幫他拿點主意。

年輕人的電話打來打去，打個沒完，語氣多半都是焦慮和喪氣，顯然壓力非常非常大。在打了N通電話之後，在和公司那位大哥通話時，他在一陣短暫的沉默之後，忽然極其興奮地嚷嚷著：「哎呀，老哥，眞是高招！還是你厲害！我現在馬上就告訴他們！」

然後，年輕人又趕緊打給先前壞事的那個「大哥」，指示道：「這樣吧，待會兒我先告訴張老闆，你這裡明天會把樣品準備好，等明天張老闆打電話給你的時候，你就說運貨的車子在高速公路上出了車禍，台灣人再機械也還是會通情達理的嘛……」

我在一旁可眞是聽得目瞪口呆。這就是高招？胡扯一通？

年輕人交代完畢，大概是自覺難題解決，心情大好，遂開始打電話給女朋友，約待會兒見面吃飯的事了。他語調之輕鬆，和先前眞是判若兩人。

臨下車前，我眞想對他說：「小子，恭喜你今天朝著豬八戒之路邁進了一大步啊！」

短消息

有一年去香港時，心血來潮在香港發了好幾則「短消息」（或稱「短信」，就是「簡訊」啦）給台灣的朋友，沒想到後來才陸陸續續知道，朋友們幾乎都沒有看到。

理由無非是「不會看」、「我的手機只用來打電話，誰還發簡訊啊，那麼麻煩」，也有的朋友恥笑我：「發簡訊是年輕人的玩意兒，妳多大歲數啦？」

其實我以前也不會弄這些——不對，以前我根本還不肯配手機呢！（我是到二〇〇二年年初才開始配手機，再加上至今仍不肯用電腦，我想我眞可以稱得上是「台灣最後一個摩登原始人」！）可是搬到大陸大概半年多以後，我也會收發短消息了，因爲周圍的人幾乎都在弄！

報上說，「中國是手機大國，同時也是發手機短信大國，據說每年僅春節期間發手機短信就達一百億條……」

一百億條！嚇人吧？報上還說，「在中國，通過三億多部手機發送的信息量，往往要超過九千萬台電腦上網用戶傳送的信息量……」

我相信這些數據絕不誇張。像我這樣基本上與外界聯繫不多的人，在生活中也處處可以感受到手機短信的普遍性。

比方說，聽廣播或看電視，經常會聽到主持人對大家說：「如果您對我們的節目有什麼意見，歡迎利用手機短信和我們聯繫，移動用戶請發送到……聯通用戶請發送到……」

又如，學校裡開辦了「校園及時通」，校方（通常是班主任）可隨時藉手機短信和家長聯繫。

就這點來說，手機短信確實比上網還要來得方便，因為手機在大陸實在是太普及了，而且手機是隨時放在身上帶著跑的，若有什麼事眞的很及時。

不過，有時也太「方便」了些。有一次，有一位班主任要發一則短信給某一位學生家長，短信上寫著「他今天怎麼沒來學校？」老師不小心按了「全發」鍵，結果，全班四分之三的家長都很快地從家裡、辦公室、餐廳、大街上、郵局、百貨公司……等各個地方回了短消息——「不會吧？××一早就去上學了呀！」另外四分之一沒有回短消息的家長，不是因爲比較鎮定，而是已經急急忙忙衝到學校去察看了。

東東的高中老師也是「摩登原始人」型，手機使用率很低，我只收到過提醒參加家長會的短信，而來自丁丁初中老師的短信就多了，丁丁念初中時，每天他還沒放學呢，我就已經知道他今天有哪些功課了。

有時校方也會統一給全校家長發短信，特別是在假期之前和假期中，不過這種時候反而通常沒什麼要緊事，甚至有點兒「沒話找話講」，像什麼「假期開始了，請多注意孩子的休閒安排」、「請多加強親子相處」、「請協助孩子制定有效的複習計劃」一直到「假期快結束了，請協助孩子收心」等等，這個時候差不多已形同是「校園廢話通」了。

無聲的聊天

每當別人看到我的手機，大驚小怪地說：「怎麼妳到現在還在用這麼老的機型？」有時我會乾脆讓人家更吃驚一點，說這其實還是我的第一部手機哪，也不過才買了幾年，又沒壞，當然還可以用；果然，對方一聽，嘴巴就張得更大了。

以前我一直抗拒用手機，總覺得那是讓別人方便來找到我的，我何必要提供這種方便呢？反正我通常都在家，出門就開答錄機，有什麼事等我回來再回覆就是了。

有了手機之後，除了讓東東丁丁可以隨時找到我之外，我很快就發現，和朋友們發發短信實在挺好玩的。有時我都不免會想，幸好我手機買得晚，否則我以前就那麼愛寫信，現在發起短信還不更沒完沒了？那還要不要做事啦？

我又會想，幸好我生得晚，否則我一定也會像現在大多數的孩子一樣，成天發短信！以此來打發時間實在是太方便了。

東東在念高中的時候，我每次去參加家長會，校長、老師們總是呼籲家長不要給孩子買手機，至少不要把手機帶到學校來，因爲孩子們有了手機，一來考試時容易作弊，二來上課時容易和同學進行「無聲的聊天」，兩者都嚴重影響學習。

「上課發短信」這種現象在大學生裡頭更爲普遍，大家最常發給女朋友（或男朋友），其次是高中同學。根據最近一個不完全的統計，大學生每個月至少要發一千多條短信，還有一個更驚人的說法是每人每天平均發七十條！（不過，這麼多的短信中，鮮少是發給父母的。）

由於普遍，孩子們似乎也不覺得「上課發短信」有什麼不妥，照這些年輕人的說法，反正那些課沒什麼意思，不愛上，這個時候如果發發短信，時間一下子就過去了，特別是如果是跟「小對象」發短信，那才來勁呢。

（在大陸，「談戀愛」經常也被說成是「談對象」。）

說到這裡，我忽然回憶起自己在上大學時也很不像話，經常沒有辦法專心聽講，要不是發呆、做白日夢，要不就是和同學傳紙條！有一次，哥哥無意中發現我那厚厚的原文書裡有一大堆雜七雜八的紙條，就曾經痛罵：「妳每天只知道抱著書去上課，到底是在上什麼課呀！」

回首往事，唉，慚愧慚愧！

總之，通信商一定就是看準了「短信」這個市場，經常推出優惠套餐，比方說二十元發四百條、三十元發六百條等等。其實呀，成年人喜歡發短信的也大有人在，譬如敝人在下我，只是我弄不懂其他那些上班族哪來那麼多的時間發短信？

東東的手機經常是處於關機狀態，晚餐後才會打開看看有無需要回覆的信息。我若有事找他，就會說「胖媽呼叫寶貝東，收到請回答」。若沒什麼特別的事，或純屬廢話，就以「親愛的寶貝東」開頭，自說自話一番。

順便一提，「胖媽」是東東給我的「暱稱」；儘管我頗不服氣，我總認為我在中年組裡已經算是很苗條啦！

我喜歡雪

眼看天氣愈來愈暖，清晨因爲鑰匙孔被凍住而急著用打火機烤車鑰匙的情況少了；毛褲也漸漸穿不著了，只加穿一件厚衛生衣和衛生褲就已足夠；手指頭被凍裂的情形也不常見了，偶爾懶得塗凍傷藥也沒事了（我最高紀錄是十根手指頭有六根都被凍裂了，無論寫字、做事都很不方便）……總之，眼看春天的腳步似乎已愈來愈近，我的心裡眞的好著急，眞希望冬天漸漸遠離的腳步能夠走得慢一點，因爲，那一年自年底入冬以來，至今只下過一場大雪，我好希望能再來一場大雪啊！

那場大雪發生在大年初八，正是大家都已收假，恢復正常上班的日子。我這個體戶原本當然是不用上班的，可是因爲東東報名參加了一個寒假圍棋營，早上八點半開始上課，於是那天一大早，我們也像趕早上班的上班族一樣，早早便下了樓。

下樓的時候，雪正在下，是鵝毛大雪。這樣程度的雪，只要連續下個一、兩個小時，很快就會有積雪。果然，地面上已經一層雪，踩起來像刈冰，屋瓦和草皮都看不見了，到處都是一片白茫茫的。車頂也頂著一層厚厚的積雪，看起來好可愛。我把後照鏡和擋風玻璃上的雪儘可能撥掉，把引擎熱足了才敢慢慢開車上路。

對於雪的模樣，小時候從書上得知，要把雪形容得像柳絮才比較美、比較有氣質（「未若柳絮因風起」嘛），可實際上，雪是什麼樣，完全要看它下得大不大，有時雪確實很像鹽，有時很像灰塵，有時還很像頭皮屑，而大雪若不斷地下，看起來則眞的很像滿天都是鵝毛在飛舞。

我小心翼翼地開，生怕路面太滑。似乎大家都是小心翼翼，隔天報上說，大雪紛飛的路況反而很安全，連一些平常簡直是家常便飯的小碰撞和小事故都沒有。也許是因爲感覺不安全，大家都加倍小心，結果反而安全，也或許是大雪讓人沉靜，大家都忽然變得比較不那麼心浮氣躁了？

我從小就一直好喜歡耶誕卡，特別是那種呈現雪景的耶誕卡，可我一直也沒想過爲什麼我會喜歡雪，只以爲大概是因爲台北的冬天不會下雪，所以才會對雪景有些嚮往。這五年多來，經歷了幾場大雪之後，我才眞正體會到自己確實是很喜歡雪，雪會讓人有一種很安靜的感覺。

不久前偶然在電視上聽到一位音樂家馬革順說，做人要有雪的品格，雪總是無聲無息地落下，默默地保護著莊稼的種子，像一層厚棉被似地蓋住它們，這樣對於它們的生長非常有利（「瑞雪兆豐年」是有科學根據的），我們也應該像雪一樣安安靜靜、本本分分、實實在在地做事……雪確實會讓人覺得很安靜、很平靜，我終於體會到爲什麼耶誕夜是「平安夜」，因爲歐美的耶誕夜通常都會下大雪呀。

那天我花了好多時間站在書房的窗口，既眺望雪景，也看看附近忙著堆雪人的孩子，以及傻瓜兮兮——不不，是可愛兮兮打著雪仗的年輕情侶。奇怪，下了一整天的雪，好像連喇叭聲等噪音都比平常要少得多。

記得前兩年三月中旬還下過一場大雪。在春天來臨之前，不知道還會不會下雪呢？……

冬天的「洗」

天氣一冷，在電視上就會看到一個廣告：一個大約五、六歲的小男孩，看到媽媽端著一盆熱呼呼的水給一個老婦人洗腳（想必是小男孩的奶奶，在大陸三代同堂還滿常見的），於是小男孩也跑去端了一盆水，搖搖晃晃地走到媽媽面前，用稚嫩的聲音說：「媽媽，洗腳！」儘管小男孩一路端過來，水濺得到處都是，媽媽還是露出了幸福欣慰的笑容。

這個廣告在前一兩年冬天就曾經看過，拍得非常溫馨，小男孩更是非常可愛自然，所傳達的「身教重於言教」的主題當然也是很好的，此外，還顯示出大陸一種特別的「洗腳文化」。

你知道嗎？一到冬天，有些老師還會佈置（就是「規定」啦）一項功課——晚上要替媽媽或爸爸洗腳！老師的用意自然是希望小朋友能夠體諒父母的辛勞，要找機會孝敬一下父母。我就看過一篇小朋友的作文，說回家要幫媽媽洗腳，媽媽不肯（媽媽的心情我完全了解，若是我一定也是抵死不從！），那個小朋友很著急，一直強調「這是功課！」，最後媽媽才勉爲其難地答應。

幸好東東丁丁從來沒帶回過這項功課。不過，我想就算有，我若跟他們說「就跟老師說洗過了！」他們也一定會同意的。

在大陸好像各地都還很流行到外面去讓陌生人幫忙洗腳，當然，那就不叫「洗腳」啦，而叫做「足療」。我去過很多城市，每次別人想要表示盛情款待，總說要請我去足療，可是我總是不肯。不管別人拼了老命說得是如何天花亂墜，對身體怎麼怎麼好啦，又是怎麼怎麼舒服啦，我至今仍然一次也沒嘗試過。我實在是有心理障礙，沒有辦法自在地接受人家這種服務。我總感覺自己的腳丫子還是應該自己洗才對。

本來我一直以爲，在大陸很多人都相信寒氣是從腳底開始侵入，所以愛洗腳，那麼足療店應該在冬天生意特別紅火；不料一看報紙才知道，足療店一到冬天就步入淡季，客人都不見了。客人上哪兒去了呢？都上桑拿去啦！原來，很多人也不愛在家洗澡，都上桑拿洗澡去了。

日前還看到一則報導，說講究豪華的桑拿愈開愈多，已嚴重威脅到傳統浴室的生存。也就是說，到外面洗澡的習慣其實由來已久，只是過去大家只是上上浴室，現在經濟發達啦，大家有消費力啦，就不願意上浴室了，而都希望能經常去桑拿享受一下。特別是在冬天。

爲什麼冬天會特別愛到外面洗澡呢？我聽說是因爲大多數的人都覺得冬天在家「洗不起來」，意思是說，冬天太冷了，如果到浴室、桑拿去洗，裡頭熱氣騰騰，衣服穿穿脫脫不容易感冒，何況還可以在熱水池裡泡澡，那才叫舒服呢。

桑拿我也仍未嘗試過，而且跟足療一樣，大概永遠也不會嘗試。主要還是習慣問題。我不習慣跑到外面去洗澡。不過，爲了謹防冬天洗澡感冒，我們家的浴室特別裝了充足的取暖燈，這可是以前住台北時從來不曾有過的設備。

按摩真舒服

很多人都說，來了大陸之後會迷上按摩（當然，我說的可是健康的盲人按摩！），我也是這樣的。

我現在儘可能每個禮拜都去一次，一次一個小時，經常還兩個小時。我是辦五百元一張的會員卡，若一次一小時可做十次，還贈送一次，等於每次才四十五元左右（不到兩百元台幣！），還有更優惠的，比方說一千元、兩千元等等的會員卡。

以前就算是腰酸背痛到眞的不行的程度，好像也只有忍，要不就是趕快爬上床去睡大覺，現在嘛——嘿嘿，我不忍啦，我就去按摩啦，按摩完之後眞覺得打通了任督二脈，渾身舒暢，眞是舒服透了！

其實，我之所以會迷上按摩，還是拜一個老同學之賜。去年十月，一個大學老友來找我玩，她從美國洛杉機來，在上海入境，並且待了兩、三天，然後轉道來南京。

在上海期間，有朋友招待她去按摩，按了一次，她立刻就迷上了，所以一到南京就馬上問我，南京有沒有盲人按摩？

我說有啊，以前我就知道有一家挺有名的盲人按摩，規模還挺大，有好幾家分店，每當開車經過時（因爲東東學過圍棋，靠近圍棋教室附近剛好就有一家分店），我也經常心癢癢的，很想進去試試看，但——怎麼說呢？大概就是因爲以前沒這個習慣吧，所以始終還停留在「想一想」的階段，從來不曾付諸行動，現在既然老同學要求，我們正好就一起去，等到老同學回美國了，我就開始自己定期去！

我總會先預約好，一來不必等，一去就可以直奔按摩室，二來更重要的是，女性按摩師——他們都稱爲「醫生」，因爲強調的是保健按摩——比較少，我非要先預約好不可；可能我比較老古板吧，我是沒法兒接受請男性按摩師的。

按摩室通常都是三、四張床位或五張床位，最少也有兩張床位（我和老同學一起使用過，感覺好像「包間」）。每一張床位上都有一個洞，第一次去時，老同學上洗手間去了，我先進去，看到那個洞，還有那麼一點點疑惑。當按摩師要我趴好時，我還確定了一下：「請問是要對準那個洞嗎？」

我記得在《甜蜜蜜》裡頭，曾志偉好像就是這樣趴著，然後抬起頭來看了張曼玉一眼，只是當時我沒注意到按摩床上有一個洞。我的老同學就比我老練多啦，由於她在上海時已經享受過，一進來，問都不必問，就直接趴下了。

有時聽到按摩師和客人一組一組的交談也挺有意思，有談小孩的，談工作的，談保健的，談電視劇的，我碰過最誇張的一組是在英語教學！按摩師的求知慾旺盛，也有一點兒英語底子，就一直問這個那個用英語怎麼說，而客人是一位退休的英語老師，也樂於指導，趴在那兒不斷地教，只有碰到「頸椎」這個字時，她說：「這個字的發音不好唸，待會兒等我坐起來再告訴妳。」可是後來她們就忘記了，然後時間一到就下課啦。我還眞想追著問「頸椎」的英文到底該怎麼說呢。

冬遊

好快啊，轉眼又是歲末了。看報上說，由於棲霞山今年紅葉變紅的日子相對往年有所推遲，所以今年賞葉的最佳時期也將延續至十二月下旬。看到這條新聞，再加上剛好碰到一個天氣晴朗的週末假日，我趕快拉著東東丁丁去棲霞山看紅葉。

不久前去參加家長會時，丁丁的班主任還特別提醒我，說丁丁太文靜了，要我放假天多鼓勵他出去玩。儘管丁丁從小就文靜，非常不愛運動（大概是受我的遺傳吧，我也是極度不愛運動，簡直是能不動就不動！），不過想到他愈長愈瘦，上下學又幾乎都是我接送，運動量好像也確實太少了，我也挺希望他能多動一下。

據說自古以來，南京人就有「春牛首，秋棲霞」的習俗，就是說春天要遊牛首山，秋天要遊棲霞山。牛首山位於南京城南十三公里，棲霞山則位於主城東北大約二十公里，只要自己開車還是挺方便的。

「棲霞」——我覺得這個名字很美，不過在古代它本來是叫做「傘山」和「攝山」，前者是取其「山形如蓋」，後者則是因爲山中有許多具滋養攝生之效的草藥。

除了草藥，山中更多的是楓香、槭樹等紅色葉樹，每到深秋，滿山遍野都是紅色，確實非常美麗，難怪自古以來「棲霞秋色」就一直是江南勝景。

我們欣賞到了這一片美麗的紅色，只不過我們來的時節不大對，太晚啦，畢竟在十一月底已正式入冬，已經挺冷的了，白天常常都只有四五度。幸好這天天氣很好，只要被太陽照著倒還不覺得冷，還很有一種暖洋洋的感覺。我不禁想起「野人獻曝」的故事。其實我一直覺得那個野人挺可愛的，儘管他很無知，居然以爲別人都不知道冬天曬太陽可以取暖，可至少他是一個好心人，懂得關懷別人，才會想把這個好主意教給別人。

在棲霞山中峰西麓，有一座棲霞寺，是一座歷史悠久的古寺，最早建於南齊，是一位隱士建造的，初名「攝山精舍」，後來陸續擴建，到了永明七年（西元四八九年），改名爲「棲霞寺」，整座攝山也隨之改名爲「棲霞山」。

既然來棲霞山，當然要到棲霞寺走走。一千多年以來，棲霞寺曾不斷增建，也曾不斷遭到劫難，譬如在清咸豐五年十一月，就曾毀於戰火，直到一九一九年重建棲霞寺，國父當時還首捐一萬銀元……

現在的棲霞寺，雖然在大約二十年前才剛剛又修復過，感覺還是相當古樸典雅。我們在寺院中閒逛，當我正向東東丁丁嘮叨著棲霞寺的歷史時，冷不防從廂房裡冒出一個穿著古典的年輕人，相貌相當俊秀，猛一看還眞像電影《少林寺》中的李連杰！把我們都給嚇了一跳！

東東立刻又想起他在去年曾經有過的念頭——他想學武術！我說，行呀，只要你自己安排得出時間。說到這裡，我又想到，在他們稍大一點之後，咱們想要出來小玩一趟都很不容易，主要是他們的課業太多，比我還忙，眞得靠他們「撥冗」再加上我硬拉，才能出來玩一下。

年味

朋友們聽說我會留在南京過年，都說：「大陸過年，一定比較有年味吧！」

確實是，不過這已經是我在大陸度過的第四個春節了，相比之下，今年南京的年味剛好是「一增一減」。

增加的是，今年春節可以放鞭炮了。說來也許大家會覺得非常驚訝，南京市在之前好長一段時間，由於環保的理由，春節期間市內是不准放鞭炮的，市民若實在心癢兼手癢，只能跑到大老遠的郊區去偷偷放幾下。今年則基於尊重民俗，在老百姓多方請求之下，終於是有限度的開放放鞭炮。

所謂「有限度」，是劃定好幾個可以放鞭炮的場所，可是大家一聽到「開放」兩個字，早就樂壞了，誰去理「有限度」那三個字？當然是照放不誤！像我家這個小區，好像就並不在准許放鞭炮的範圍，可是從除夕、初一，一直到初五，鞭炮都是放得震天價響，痛痛快快，也確實是大大增加了年味。

可惜，今年春節南京沒正式下過雪，只下過一點「邋遢雪」（就是小雨加雪），初一和初二都還是大太陽呢。春節臨近的時候，氣象說春節期間頂多只有雨加雪，大家都很失望，都很惋惜地說：「看來今年要過一個邋遢年了。」

過年的時候如果能下一場雪，而且那雪還要能在地面上積得起來，不會一下子就化掉，那幅景象確實很美，也確實充滿了年味。我還是在來到大陸以後，才終於體會到那種「瑞雪兆豐年」的意境。

除了雪景和鞭炮，最能表現年味的大概就是吃了。這一點倒是和台灣大同小異。春節期間，總是吃個不停，而且都是葷得多素得少，大家的腸胃負擔都很重，等到年假結束，幾乎人人都會養胖一些。

說到養胖，我又聯想到大陸人似乎挺喜歡用「養」這個字。

如果別人對你說：「你現在養得不錯嘛！」意思就是說：「你現在過得不錯嘛！」或者「你的小日子過得挺滋潤的嘛！」

剛聽別人這麼說，我實在是好不習慣。特別是我們小區管停車場的一位大媽，從好久以前開始，每次見到我總會笑咪咪地說：「妳現在養得很好嘛！」或者「妳現在愈養愈年輕了！」難道我以前就是面黃肌瘦、形容枯槁嗎？當然也不是，大媽之所以會這麼說，完全只是一種善意和友好的招呼。

其實我回台北時，情況也是差不多。這五年多來，每次回台北，總是有朋友會說：「妳胖了！」但同時也有人說：「妳瘦了！」其實，我的體重幾乎沒變（我也沒有刻意維持，從來不運動，每天都是坐在書桌前，但或許工作量大，把吃進去的全部消耗了）。

我後來慢慢體會出，覺得我現在大概過得不錯的就會說我胖了，覺得我現在一定過得挺辛苦、挺淒慘的就堅持說我瘦了，說穿了都只是一種心理錯覺啦。

走親戚

在大陸，除了每週雙休之外，每年都有三個長假，也就是五月一日至七日（至二〇〇八年才取消）、十月一日至七日，還有一個就是農曆春節的年假，也差不多是放一個禮拜。

東東丁丁是最不喜歡這三個長假了，一來是在假期開始之前，老師總會「佈置更多的學習任務」，也就是功課規定得超多，好像生怕學生有喘氣的機會，心就會野掉了，就會影響學習了；二來更重要的是，這些假並不是白白放掉的，而都是從上個週末或下個週末挪來挪去湊來的，也就是說，每次在放所謂的長假之前或之後一個禮拜，大家都得連續八至十天上班、上課，眞是累死人了。

但是，沒辦法呀，除了「五一」、「十一」所謂的「旅遊黃金週」能帶動消費之外，我想，大陸太大，應該也是這三個長假存在的重要原因吧；有了長假，才能讓在外地求學、打工的人回家啊，因爲幅員遼闊，儘管這麼多年以來，火車一直在「提速」，速度愈來愈快，可是爲了回家一趟，必須坐十幾個小時、乃至二三十個小時的事仍是時有所聞，對很多人來說根本是「小菜一碟」（小意思）啦！既然要在交通上花那麼多時間，如果沒有連續假期，很多人根本回不了家。

在那三個連續假期中，年假無疑又是大家最看重的。交通問題，也屬年假最恐怖。如果怕擠，「五一」、「十一」黃金週時，還可以按兵不動，不要出去湊熱鬧，而選擇就近玩玩或乾脆在家睡大覺，可是碰到過年，凡是在外地的人就非得回家不可。甚至每年過年時，警察都還可以守株待兔、以逸待勞逮到好些通緝犯，因爲那些壞蛋就算平常藏匿得多高明，到了過年往往也熬不住，而一門心思也要趕著回老家過年。

過年的時候，對很多孩子來說，還有一項艱鉅的任務，那就是——跟著父母去「走親戚」。「走親戚」就是拜訪親戚，到親戚家坐坐，大家聚聚。過年時「走親戚」當然就是拜年，小孩子可以拿紅包，照說應該是很開心的。

問題是，大家的親戚實在是太多太多啦，據估計，每個孩子在七天年假中要隨著父母「走」十幾家親戚（當然也包括了好友），甚至還有高達十八家！平均每天要走二點五家！簡直是「走」不過來。

很多小朋友都頻頻抱怨，平常上學期間每天都要早起，老是睡眠不足，本來很想在過年的時候好好補補覺的，沒想到還是睡不飽，每天都得七早八早就出門，跟著父母一起去拜訪親朋好友，然後混到很晚才回家，連功課都沒時間寫，還有更多的孩子大呼：「過年走親戚簡直比期末考還累！」

大人也不是不知道孩子辛苦，幹嘛一定要拖著孩子呢？其實很多家庭孩子都有長輩或鄰居可以幫忙照顧，或根本孩子也不是幼兒，可以單獨在家，但父母仍然堅持要孩子一起去「走親戚」。有些父母說起自己的「算盤」，說此舉無非是為了避免「收支太不平衡」：「我們給人家的孩子紅包，自己的孩子如果沒帶，豈不是太虧了嗎？」

我家的三代保母

搬到南京五年多，我家的保母已經換了三個，現在正是「第三代」。

「第一代」做了一年多，後來因爲生病回老家治療；「第二代」做的時間最短，只有半年，後來是因爲搬家，來往不便，才不做的（其實她搬家之後還堅持了一個月）；「第三代」就住在我們同一個社區，走路到我家來上班，只要三分鐘，到目前爲止也做了兩年多，我是不想再換了。

說起來只有「第一代」是住在我們家裡，我在她的房裡也裝了冷氣機，可她從來都捨不得用。她是農村人，老家在安徽，當年來我家時爲了省錢，還是坐船沿著長江來的。現在因爲高速公路太方便，船運客源愈來愈少，已經早就停航了。

可能是因爲生活辛苦，營養不夠，「第一代」的身體不太好。我還記得她剛到我家時，臉色之蠟黃，看起來眞是滿嚇人，後來雖然變白又變胖，鄰居都說她「養好了」，可還是經常生病，每次生病都不肯去看醫生，都得我拖著去，並且再三保證會幫她出醫藥費。後來她膽結石的毛病，也是我們拖著她去醫院檢查出來的，之前她痛得在家呼天喊地，簡直快把我給嚇死了。

「第一代」走了之後，我就打定主意不要再請住在家裡的保母了，反正我們家既沒老人也沒幼兒，甚至可以說根本沒有太多的家務事，乾脆還是請住在附近的鐘點工算了。否則，保母住在家裡，就像是家裡多了一口人，責任比較大，而通常農村人出來打工一年只回去一次，我又覺得慘無人道，可是她回去的次數多了，提供車費還是小事，一回去起碼也要五、六天，家裡的打掃問題又很令我頭疼。鐘點工就沒這些麻煩，單純得多，偶爾有事請假也不可能超過一天以上，也無所謂。

這三代保母，除了第一代比我年長，第二代和第三代都比我小五、六歲，但她們都叫我「大姐」。她們有三個共同點，一是做菜口味都偏鹹（大陸菜普遍口味都偏重），我老要提醒她們「淡一點」，而她們總是一陣子記得，一陣子又忘了，所以老要提醒；二就是嗓門都很大。以前「第一代」常會站在我們家裡（有時是七樓，有時是八樓，因爲我們家是「大單元」，是兩層樓），然後倚著窗跟樓下雜貨店老闆娘聊天！現在的「第三代」更是每次一煮好飯，總是立刻就地一吼：「大姐，好了！」當時我通常都還在樓下的書房呢，我幾乎都不答應，裝做沒聽到，但也都立刻跳起來往餐廳衝，免得她又吼。

她們第三個共同點則是人都很好，也都很老實可靠。我覺得這一點可是比什麼都重要。

不斷在變化的城市

只要我人在南京，每天早晚都會接送丁丁。丁丁不喜歡騎腳踏車，我也覺得騎腳踏車太危險，他不愛騎正好。再說，丁丁也都高二了，能這樣天天接送他的機會也不多了，一年多後他就算和東東一樣在南京上大學，平時也是住校，只有週末才會回來，才會需要「胖媽的士公司」的服務，所以，我也挺珍惜現在還能經常爲他服務。

早上上學時我通常都是走固定的路線，晚上接丁丁我就常常會換不同的路線走走。其實學校離我們家並不遠，開車單程大約只要十分鐘，不過有好幾種走法。

南京是從城東開始慢慢向城西（一般都說「河西」，因爲是在秦淮河以西）發展，我們家就位於河西。河西的路段往往又寬又直，光是快車道往往就有八車道，在還沒修捷運之前幾乎不會塞車。當然，修捷運是好事啦，反正大陸蓋這些工程的速度很快，南京現在已經有一條捷運，那條捷運是施工了四年，現在正同時施工的好幾條捷運——包括將經過我們家以及我去年年初剛買的另一棟房子，還有前年和朋友合買的一個店面——施工期預計也是四年，也就是說，目前短暫的不便是很可以忍耐的，反正不會拖得太久。

這就是大陸，建設的腳步實在是太快了，影響所及，城市的面貌也經常在變化。來南京五年多，地圖都不知道買過幾張，因爲老在更改。

只要確定方向，譬如從我們家去丁丁的學校，我喜歡經常換換試著走不同的路線，經常會有新的發現：哪條路忽然不通了，哪條路忽然拓寬了，哪家店忽然關門不做了，哪裡又忽然開了新店了，總之，不斷在變！

若是原本生意不錯的店忽然不做了，多半是因爲房子即將拆遷，外牆上一定會有一個大大的「拆」字。據我的了解，一般老百姓都挺歡迎這種拆遷，因爲拆遷的都是老房老區，有損市容，不符合城市發展規劃，拆遷之後政府不但會有經濟補償，還會安置到新房子裡去。我家保母以前住在附近一棟舊房，她就說如果不是舊房拆遷，他們怎麼樣也沒能力買現在所住的公寓。

當然，這幾年來因爲拆遷補償款以及政府安置的所謂「經濟實用房」（這是禁止買賣的）所衍生出來的社會新聞也不少，一家人爲此鬧得不可開交的事情時有所聞。國父曾經說「不患寡，患不均。」實在是眞知灼見！想想一家人從前一起住破房子過窮日子時往往相安無事，如今有機會住好房子，利字當頭，大家反而劍拔弩張，每當看到這樣的新聞，總會讓人好生感慨。

還有就是對於古蹟的保護。有一個小故事說，現在很多才開了十年的店就敢自稱是「百年老店」，但眞正的「百年老店」反而被拆了。幸好近年來大陸在這方面的概念已比過去增強很多，儘管城市要發展，要現代化，但很多古蹟也都被保護起來，令人欣慰。我覺得一個有歷史感的城市才會是一個可愛的城市。

夜半鈴聲

有一天晚上，臨睡前又忘了關手機，半夜被簡訊的提示聲吵醒，打開一看，是一個陌生的號碼，內容更是莫名奇妙，說新年伊始，當天是什麼菩薩生日，看到這則簡訊，如果發送給八個朋友，一年之內就會好運連連，福祿壽喜一概不缺，如果刪除或是置之不理，就會背運一年。

眞是豬八戒，我當然還是立刻就刪除了。

有時眞搞不懂時代到底有沒有在進步？現在手機這麼普遍，幾乎是人手一機，可是像這種垃圾簡訊，不就是以前的「連鎖信」嗎？

半夜的簡訊（我猜是發錯的）還無所謂，半夜接到打錯的電話那才夠嗆。有一陣子，好像某則小廣告所刊登的手機號碼弄錯了，變成是我的手機號碼，結果一連好幾天老有人打來問我想轉讓的花店在哪裡，連半夜三更也有人打。

還有一回，十二點剛過，我已經準備要睡了，接到一通電話，對方是一個操著一口普通話，聲音還滿好聽的男士，一開口就客客氣氣地問：「請問妳是『喜歡看海的女孩』嗎？」

我的媽呀，就算我年輕三十歲，也絕對不會取這種稱號！我猜那八成是什麼交友熱線搞的烏龍，怎麼辦？那個「喜歡看海的女孩」是不是就等不到電話了！

在我告知打錯之後，那個男士好像很尷尬，道歉之後就匆匆掛了。五分鐘之後，又有另一個傢伙打來也要找「喜歡看海的女孩」。這傢伙就很無聊了，我跟他說他打錯了，他居然說：「沒事，那就咱們聊聊吧，妳的聲音很好聽。」

還有一次最離譜，那天晚上其實還不算太晚，大概才將近十一點，只是天氣冷，我窩在床上看電視，看著看著竟打起瞌睡（天哪，我眞的像老太太了！），忽然被手機吵醒，我迷迷糊糊地「喂」了一聲，對方沒有作聲，再「喂」第二聲，這回可不得了，是一個女人在哇哇亂吼，她大約是氣急攻心，以致於歇斯底里，說話又急又快又大聲，我根本聽不懂她在說什麼，一連「啊？」了兩次，才終於聽清楚原來她吼的是：「妳叫他聽電話！」

這下我當然馬上就明白了，啼笑皆非，可是告訴她打錯了，她不信，我又報上自己的手機號，問她是不是打錯了，她還是不信，還在一個勁兒地窮吼，要我把她老公交出來！

沒辦法，我只好直接掛掉電話，然後立刻關機！

能立刻關機還算不錯的，否則若碰到那種超級固執的傢伙，就算你告訴他打錯了，他還是會鍥而不捨地猛打。

有一次我和朋友一起午餐時，就碰到這麼一個固執的傢伙，明明跟他說了N次他打的號碼不對，他還是一遍又一遍地打，偏偏那陣子我的手機震動設置有問題，沒法開成震動，那天又在等東東電話，不能關機，弄得我眞是尷尬透頂，總覺得我的手機鈴聲那天好像特別的大、特別的刺耳！

懷念老歌

有一天早晨，送丁丁上學後在回家的路上，收音機裡播放著一系列我在念大學的時候極爲風行的「校園歌曲」，等我回到家，正在放木吉他的一首歌，應該叫做〈散場電影〉吧，哎呀，實在是太好聽、也太令人發思古之幽情了，害我明明都停好車也捨不得下車，而是就靜靜地坐在車裡把它聽完。

說眞的，我還是這幾年來到大陸之後才又重溫聽廣播節目的樂趣。當年我還在念國中的時候就很喜歡聽廣播，我覺得那個時候的廣播節目都很好聽，而且很多節目所選擇的音樂都有自己的風格和特色，比方說，想聽西洋流行音樂就聽余光的「青春之歌」，想聽西洋古典音樂就聽羅蘭的「安全島」，想聽抒情音樂就聽凌晨的「平安夜」……曾幾何時，「call in」之風大行其道之後，音樂就愈來愈少了，談話愈來愈多，多到簡直是氾濫成災！後來，好幾年之間，若要聽廣播〈應該說打開收音機想要聽到音樂的話），好像只有兩個選擇，不是「愛樂」就是「ICRT」。

現在，每當我打開收音機聽廣播，常常能找到一種熟悉感。首先應該是因爲主持人都講普通話吧，感覺就像小時候聽廣播；其次是廣播節目中主要都是放流行音樂，特別是港台歌手的流行音樂，播放的比例實在頗高。

老實說，在這裡還有一類「美聲唱法」的曲子，就像我們所說的「藝術歌曲」，我實在是聽不習慣，每次在電視上一不小心看到了總會忙不迭地趕快轉開。我還是習慣聽靡靡之音，廣播節目中就幾乎都是放靡靡之音。

有趣的是，所謂的「流行音樂」，也不僅僅只是放眼前最新的流行歌曲，很多八十或九十年代的港台流行歌曲，在收音機裡也經常可以聽得到。有好多歌，哎，年紀不同，現在聽起來還眞是別有一番滋味。

歌手也是一樣。說眞的，有好多都已經好久好久沒看他們露過面的歌手，現在經常會在大陸各地所謂「大型文藝晚會」，甚至是高檔的歌舞廳中見到他們的身影，而且都還滿受歡迎的。有一次從電視報導中看到揭露一個弊案，說是某場慈善義演，明明說是義演，實際上絕大多數參與演出的歌手都拿了銀子，報導中並且公佈了這張清單，我這才知道，原來港台歌手哪怕並不是正當紅所拿的出場費都比大陸歌手要高得多。

或許這就有點像很多餐廳在廣告上喜歡強調他們的裝潢是「港台情調」，好像——冠上「港台」兩個字，感覺就會比較時髦、「有檔次」一些。

每當我聽到那些熟悉的老歌，如果東東丁丁也在旁邊，我都忍不住會告訴他們這是什麼時候的歌，他們往往就會大嚷一聲：「哇，比我們還老多了！」

從「看熱鬧」說起

有一年暑假和丁丁一起回台北，待了十二天。有一天傍晚，我辦完事，來到捷運昆陽站，準備和丁丁碰頭一起去看電影，無意中看到有人打架。

騷動聲響起時（主要是女人的尖叫聲），我正坐在不遠處看書，循聲看過去，一個年輕男子正把一個中年男子壓在地上打，一個女子似乎正在設法勸阻。站務人員已經在第一時間奔了過去，而且掏出手機，大概是要報警吧，警察果然也很快就趕來了。我斷斷續續聽到那年輕男子大聲且氣憤地提到「我老婆」，其他的都聽不清楚，人在生氣激動的時候，說話的聲音都很高亢，總是很難聽得清，但大體是一對年輕夫妻和那挨揍的中年男子有什麼衝突就是了。當這一幕正在進行的時候，捷運站裡頭照樣人來人往，好多人還跟同伴說：「不要看，趕快走！」然後急促地走開，總之，會駐足關心的人實在不多。

這和在大陸的情況眞的好不一樣啊。在大陸，本來人就很多了，很多人還都很熱衷於看熱鬧，因此，經常一點雞毛蒜皮的事也會引得很多人駐足圍觀，而且——按照大陸的說法還是「裡三層，外三層」，圍得密不透風！

在報上不止一次看到因爲愛看熱鬧而倒楣的故事。

有一位男士，開車開到一半，看到馬路對面圍了一些人，連忙把車往路邊一停，然後趕快跑過去看熱鬧，稍後等他再回到自己車上時才發現，自己的包包被偷了！裡頭還有不少現金哪！原來他方才只顧趕著去看熱鬧，連車門都沒有鎖。

有一位小姐，興致勃勃大老遠從外地來到南京探訪男友，想給男友一個意外的驚喜。一走出長途汽車站不久，在一條大街上看到好多人圍在一起，不知道在幹什麼，女孩一時好奇也跟著湊上去看熱鬧，居然是有人大白天的在兜售黃色光碟，更叫女孩吃驚的是，那個兜售黃色光碟的小販，居然正是自己的男朋友！這傢伙可一直是自稱在做資訊、電腦方面的生意哪！

還有一些「看熱鬧」，完全表現出人性中的冷漠冷酷和殘忍，比方說，圍觀車禍、火災甚至跳樓！（其實，在台灣也有這種情形，只是大陸的人更多啊！）

不過，話說回來，很多見義勇爲的人，一開始和那些看熱鬧的人一樣，也是注意到身邊發生了異常狀況，但他們不會只當一個觀眾，而是立刻參與其中，「路見不平一聲吼，該出手時就出手」。透過報章雜誌和電視，三不五時就會看到不少這一類的眞實故事，這些小人物所表現出來的勇氣和人性的光輝，眞的很令人感動，有好幾次，我看著看著都會忍不住流下淚來。

乞丐

東東高中畢業那一年，暑假期間，爲了獎勵東東考上理想的大學，應他的要求，我特別帶他去北京小玩了五天。

本來我也很想拖丁丁一起去，但是丁丁八月中就要開始上暑期輔導課了，又剛和我一塊兒從台北回來，所以堅持不肯去。

（也就是說，那個暑假我好像老在分頭陪兩個寶貝兒子玩耍，寫稿的工作都耽誤不少，以致於拖稿嚴重，連東東都戲謔我是「大作家兼大賴皮家」！我就說，眞沒良心，也不想想看我究竟是一直在陪誰玩哦。）

以一個觀光客來說，北京我已經很熟啦，故宮、中山公園、天安門廣場、北海公園、天壇、雍和宮、頤和園、圓明園、十三陵、長城……在該玩的地方差不多都玩遍了之後，甚至還到了好友家作客，另外也跟幾位大作家一起吃了頓飯（東東看到那些大作家居然都是媽媽的朋友，對老媽的敬意似乎又增加了幾分！）。總之，最後還有時間，我問東東還想去哪裡？他想了一想，說：「去法源寺吧。」

這一定是因爲他讀過李敖的《北京法源寺》吧。我一聽，也來了興致，因爲我也讀過那本書。

我們先在地圖上找到法源寺的所在位置；北京太大，這個寺那個寺的又眞多，我們找了好久才總算找到。「打的」前往時，計程車司機也不知道在哪裡，我們便假裝很老練地指揮，請他走二環，朝宣武區菜市口大街方向走。

到了大致的定點，我們下車又徒步了一會兒，終於在一條小巷子裡找到了法源寺。第一個印象是──法源寺怎麼那麼小、那麼破！第二個印象則是──門口的乞丐怎麼那麼多！

這些乞丐還挺兇的哩。我在買門票時，就有人上來拉我的包，我們朝大門口走去時，好幾個乞丐上來堵住我們的去路，一個個都伸出手向我們要錢。我一個都不給，事實上，我哪敢給？過去聽過太多的事例，碰到這種陣仗時，只有硬著頭皮走過去，千萬不可停下來，更不能給，否則你就別想過去。

看我不給，有一個老太太還罵我了，「哼，心這麼壞，還來燒什麼香！」

進門時，我向檢票員抱怨：「乞丐怎麼會這麼多？」他老兄回答得也妙，居然說：「這是中國的特色啊！」

大陸的乞丐確實很多，而且還有很多人是堂而皇之地以此爲職業。

在南京，像新街口等商業區以及夫子廟等觀光區，乞丐是最多了。有一次，東東和同學一起去夫子廟玩，碰到一個乞丐，他給了錢，這時，另外一個站在不遠處的男孩，馬上用百米衝刺的速度衝過來向他要錢，說他弟弟得了重病，沒錢治療，說著還指了一指躺在地上似乎已陷入昏迷的弟弟。東東因爲沒有零錢了，正在猶豫，又有幾個乞丐圍上來。東東開始有些著慌，生怕自己無法脫身，只好狠下心拼命揮手，表示「不給不給！沒有沒有！」結果——令人不敢置信的一幕發生了，方才那個一直躺在地上不省人事、萬分悲慘的「弟弟」，竟忽然跳起來，指著東東破口大罵，罵他沒有同情心哪！

騎單車的年輕人

記得有一年三月初，乍暖還寒的時候，有一天突然下起了鵝毛大雪。

那天晚上接近九點，我在校門口等著要接東東；他高三了，參加了學校的晚自習。我坐在車裡，外頭的雪下得好大，令我幾乎看不見……

突然，「砰！」的一聲，我的車被撞了一下。我嚇了一跳，隨即立刻準備下車；在那極短暫的瞬間，我的腦袋中閃過幾個意念——唉，眞倒楣，是不是得大聲理論呀？搞不好那傢伙已經「肇事逃逸」了……

沒想到，我才剛打開車門，迎面就看見一個年輕的帥小伙，一手扶著腳踏車，一手撐著傘，乖乖地站在那裡，一看到我，馬上彬彬有禮地點了點頭，客客氣氣地道歉：「對不起，路太滑了……」

不騙你，這小子眞的太帥了，帥到我愣了一下，然後還趕緊往四周瞄一瞄，看看有沒有什麼攝影機……我擔心自己因幾乎不看什麼綜藝節目，萬一是一個偶像歌手站在我面前我也不認得；我更擔心會不會是什麼有關社會百態的電視節目，在做什麼報導（大陸現在這類的節目眞的多得要命，都標榜是眞人眞事，很多都很好看哩）……

我瞄了一下，沒發現周圍有什麼異狀，更沒發現什麼攝影機，這才安下心來，走到行李箱附近去檢查車子。帥小伙還站在那兒，一點也沒要跑的樣子，完全是一付等候發落的良好態度。

儘管剛才那一聲很響，但我扒掉車上的雪花匆匆看了一下，沒發現什麼坑坑洞洞。

於是，我便用大陸這裡的說法對帥小伙說：「沒事。」

意思是，「你可以走了。」

帥小伙又跟我道歉了兩句，再道了一聲謝之後，斯斯文文地騎車離去。

我不免在心裡這麼想，眞是一個文明的年輕人啊！——他最不文明的地方就是一邊騎車、一邊打傘！

（我不免又想，這簡直是偶像劇的情節嘛，如果我年輕二十歲，我一定跟他說：「把你的車子擱在這裡吧，你要去哪裡？我送你去。」不過，這當然是廢話，二十年前我還沒有車呢——不，我根本還不會開車！）

至於他「一邊騎車、一邊打傘」，唉，在這裡算是小意思啦，我還看過很多更驚險萬狀的呢。

這裡的年輕人幾乎都是以腳踏車爲主要的交通工具。記得還曾經在報上看過一則新聞，說有一個內蒙古的年輕人，考上了廣州的大學，由於缺乏路費，竟然從內蒙古家鄉騎腳踏車啓程，跋涉幾十天，一路騎到廣州去學校報到！從內蒙古到廣州，大約是五千公里，相當於一萬華里左右，所以報上對這則新聞下的標題是——「萬里單騎」，實在是太神了。

相親大會

從二〇〇五年下半年開始，南京忽然吹起一股新興的市民活動——相親。二〇〇六年元旦，在白馬公園甚至還有「萬人相親活動」，聲勢浩大，還上了全國性的新聞頻道。

這些相親活動有一個很大的特色，那就是——往往都是父母替子女來參加。想想很多父母的心態也眞矛盾。當孩子還在念書的時候，父母最擔心的就是孩子會「早戀」，因爲這會嚴重影響學習，是非常要命的。以前我從來沒聽過「早戀」這個詞兒，在我小時候只聽過「早熟」，記得在國中的時候曾經看過一部由恬妞主演的青春片，片名就叫做《早熟》。

「早熟」和「早戀」的意思乍看之下好像差不多，都是指青春期的少男少女對愛情已有所概念，儘管多半其實都只是懵懵懂懂，所謂情竇初開；可實際上這兩個詞兒又有著很明顯的不同，我覺得「早戀」帶著來自於大人強烈的價值判斷，無非是認爲孩子戀愛得太早了。

好啦，很多父母就像面對毒蛇猛獸般地愼防孩子早戀，不少女孩的家長爲了避免讓那些討厭的臭男生接近自己的女兒，甚至天天接送，一直接送到女兒考上大學爲止！可是，眼看著孩子「心如止水」地長大，也順利考上了不錯的大學，畢業後也有了不錯的工作，父母往往很快又有了新的煩惱——咦，孩子該談對象啦，怎麼到現在連一個男朋友（或女朋友）都沒有！

女孩的家長往往更急，生怕一不小心寶貝女兒就成了「大齡未婚」，那找對象就更難了！

其實，他們所謂的「大齡」，也不過就是三十左右，我覺得根本還很年輕嘛。我和朋友說在台北有一大堆三十好幾的女性都是單身，都過得好好的，其實只要自己有經濟能力，也能好好安排生活，不一定非要結婚呀，若結錯婚可要比不結婚還要糟糕一百萬倍……不少人都覺得不可思議（搞不好還有人會覺得我是在「散播毒素」或心理不正常！）

總之，我覺得大陸的父母也不知道是普遍地觀念都比較傳統，還是眞的都是因爲只有一個孩子的關係，只要條件允許，他們眞有操不完的心，連孩子成年了還沒對象，他們都急得要幫忙。

從電視和報紙的報導看來，這些興致勃勃替孩子來相親的家長，爲了「推銷」自己「明明挑不出什麼缺點」的孩子，眞是煞費苦心，使出渾身解數，做精美的廣告牌呀、準備拍攝專業的藝術照呀、不厭其煩地不斷「老王賣瓜」呀；而主辦單位也在形式上大費苦心，比方說，上午先按年齡層掛上男孩的牌子，男孩的父母則守在兒子廣告牌的下面，這麼一來，女孩的父母就比較方便和自己看中的男孩的父母進行交流，到了下午，再把男孩的牌子收起來，掛上女孩的牌子……

聽說由於反應熱烈，參加人數太多，主辦單位還有意未來要將這種父母代勞的相親大會更精細地分類；不滿三十的，離異有子女的，離異無子女的，喪偶的……眞是老天爺！男男女女都快成了貨架上的商品了！

颱風天裡的追風族

有一年暑假期間，我帶丁丁回了一趟台北。我們是在七月十七日晚上十一點，趕在海棠颱風駕到之前抵達中正機場，一路上眞是顚得好厲害，有好幾次我都快吐啦，我一直緊張兮兮地看著丁丁，生怕他吐出來，結果他倒挺平靜的。

聽說我們那班飛機到了之後不久就全面停飛了。當天晚上，聽著狂風怒吼，大雨嘩啦嘩啦直下，我一夜都睡不安穩；第二天，本來想去辦事的卻被迫放一天颱風假……嘿，我突然想到，這些可都是久違已久的感覺，我已經幾年沒碰過颱風了，或許是因爲南京靠長江，不靠海，好像很少有颱風。

根據資料，就連整個江蘇省，從一九四九年到二〇〇〇年，五十一年間受到颱風影響比較厲害的也就是四十一次。

沒想到，我和丁丁在七月底回到南京後，不到半個月，麥莎颱風來了，新聞上說，這是近十年以來影響江蘇最嚴重的一次颱風，除了將持續暴雨和大暴雨之外，還將伴隨十至十一級大風！

幸好這個時候剛考上大學的東東正在放暑假，丁丁的暑期輔導課第一階段已結束，第二階段還沒開始，我又是個體戶（像這種時候總是充分體會到做個體戶的好處！），反正那幾天我們哪裡也不去，就天天躲在家裡「防颱抗颱」。

看報上鋪天蓋地的報導，眞有一種如臨大敵的感覺，我們實在也不敢隨便亂跑。

我們家在七樓，站在窗口往外看，那個風呀可眞大！

可是你能想像嗎？有一種「追風族」卻偏偏熱愛這種大風，那就是「風箏迷」。

在大陸，放風箏的風氣要比台灣盛行多了，特別是在夏天，在很多市民廣場和公園，不分日夜都可以看到好多人悠哉悠哉地在放風箏，風箏的花樣也很多，還有不少是專門讓人在晚上放的，上頭有好多燈光設計，一放上天空立刻五光十射，眩得要命。

有一種體形偏大的「鷂子風箏」，必須要有八、九級風力才能上天。麥莎颱風過境那一次，在南通（江蘇省內，距離南京不算太遠的城市）有一個四十歲的風箏迷，看到那麼大的風，竟心癢癢地趁著雨停的時候，跑出去放平常沒有機會放的大風箏！結果才一眨眼的工夫就被大風箏帶著一起扯上了天！不久便在距離地面三十米的地方，因筋疲力竭再也抓不住風箏而掉了下來，當場摔成重傷。當這則新聞刊登出來的時候，這個狂熱的風箏迷已經只能靠著呼吸器維持生命，情況非常不樂觀。

想想看，當這個風箏迷被他心愛的大風箏扯上天的畫面，是多麼卡通、多麼童話啊！不過當時他大概還沒意識到自己的生命正面臨著嚴重的威脅吧；眞實的生活畢竟不是童話。後來很多人都猜測他是因爲捨不得放掉寶貝大風箏才遭到不幸，眞令人惋惜。

颱風之後

在我念小學四年級的時候，由於父親職務上的調動，我們全家從澎湖馬公搬到台東市，一直住到我小學畢業那年的暑假，才又搬到嘉義市。

住在台東市不到兩年的時間內，印象最深的就是經常有颱風，颱風走後的第二天，一出家門，總會看到好多樹橫七豎八地倒在路上，好可惜哦！

向來難得有颱風造訪的南京，那一年在麥莎颱風過境之後，損失最大的也是樹；根據報上所刊登的消息，整個南京城區一共倒下了五百多棵大樹！好多大樹都是在狂風中轟然倒下，有的砸倒了路邊的電線桿，有的砸壞了轎車，最嚇人的還是一棵有六十多年樹齡、直徑達一米的法國梧桐在被狂風吹倒後，竟當場砸中四家住戶的六間民房，有一家的廚房整個被砸得塌掉了，幸好沒有人員傷亡。

我不禁立刻有些擔心，在進入中山陵所在的鍾山風景區，那一排又高又整齊的法國梧桐，應該沒事吧？那一排法國梧桐眞是美極了，不管是在哪一個季節經過那兒，哪怕是在樹枝上沒有一片葉片的冬季，也會覺得那些由樹幹、樹枝構成的「線條」實在好美。

當年（一九九七年）頭一回來到南京時（那時我壓根兒還沒有要搬到大陸的念頭），對南京印象最深的首先是那些已經有六百多年歷史、在市區裡經常都可以看得到的明代修建的城牆，其次就是南京的行道樹，好多好密好漂亮；難怪我一和大陸的文友們講起南京，大家往往都會立刻說：「南京的綠化很好。」

南京的行道樹以法國梧桐爲主，很多路段的法國梧桐都已經有幾十年的歷史；這一次在麥莎颱風中倒下的大樹，法國梧桐也佔了相當大的比例。不過，在颱風走後第二天，報上馬上就刊出檢討性的報導，指出這五百多棵大樹之所以會倒下其實並不僅僅只是抵擋不了風狂雨驟，原來其中還挺有學問的。

南京林業大學風景園林學院一位楊萬霞老師說，「根深葉才茂」，可是近年來南京城區由於發展迅速，如果對行道樹養護不當，就會造成這些行道樹「頭重腳輕而站不穩」；從那幾天倒下來的許多法國梧桐的根部周圍環境來看，個別施工單位缺乏規劃、護綠意識薄弱以及野蠻施工，都成爲大樹倒地的直接誘因。

也就是說，那些美麗的法國梧桐，美麗的大樹，會這樣硬生生地倒下來，除了颱風天災，其實也有「人禍」的因素在裡頭。

另一方面，爲了迎接那年十月中旬的全國運動會，南京有好多大工程現在都還在加緊趕工，努力收尾，長久以來，南京的空氣品質不佳也早已是一項不爭的事實，然而此次麥莎颱風駕到所帶來的狂風暴雨，卻吹散了空氣中的污染物，整個天空彷彿都被沖洗得乾乾淨淨，非常舒服，我也跟著十分難得地把書房的窗子統統大開，好好享受了一下這空前清新的空氣！

每天運動一下下

我買了一台跑步機。記得剛開始透露有這個想法時，朋友呀保母呀都覺得頗不可思議，因爲我們家這個小區的公園綠地挺大，和其他這幾年比較新興的小區一樣，也裝設了很多免費供大家使用的健身器材，所以，按一般的思維，運動嘛首先只要下樓到咱們小區的廣場就可以運動了，再說還有那麼多公用的健身器材，幹嘛還要花錢買一台跑步機放在家裡？

可是，我就是不喜歡下樓呀！

記得幾年前還在台北時，曾經有朋友約我每個禮拜一起上一次健身房，當時是想運動結束後老朋友還可以順便吃個飯、聊聊天，這樣的運動比較有動力，可惜因爲大家都忙，持續一陣子之後還是不了了之，興致勃勃辦的會員卡最後還是浪費了。

南京其實也有不少健身房，但我從來就沒有想去的念頭。不知道是不是這幾年來因公出門的機會實在不少，因此當我人在南京的時候是愈來愈不想出門了；若是出門，十有八九都是和東東丁丁有關。如果要特地開車去健身房運動，眞是沒那個勁兒。

但我還眞的開始想要運動了。並不是因爲有什麼地方不舒服，相反地是因爲自覺身體還眞不錯，但確實也有一把年紀了，很快就是「半百老婦」啦，我希望能把目前這種健康的狀態好好保持。

「要『活』就要『動』」，「留得青山在，不怕沒柴燒」，這些道理我是懂的，不過眞正有所感觸倒也眞是這幾年的事。

我從小就不愛動。以前人家問我靠什麼運動來保養身體，我都老實回答什麼運動都沒有，我靠長壽基因！這是眞的，我的外婆過世時只差一個月就滿一百歲，外婆的媽媽破了一百歲，而我的媽媽目前雖已七十出頭，但仍十分健壯，外表看起來也很年輕，起碼比她實際年齡要年輕十幾歲。前兩年媽媽來南京時，可拉風了，咱們小區裡的人只要一知道她的年齡個個目瞪口呆，紛紛讚嘆「怎麼養得這麼好啊！」

爲了保重「青山」，我終於下定決心買了一台跑步機。跑步機剛送來，我就應出版社之邀到外地辦活動去了，一個多禮拜以後一回到家，接到商場打來的電話，詢問我跑步機用得如何，滿不滿意，我只好隨口敷衍道還行還行。

放下電話，看著跑步機，其實心裡眞是滿意極了。家裡有台跑步機，不用下樓就能運動，一運動完就能立刻沖澡，這實在是太適合我了！我滿懷希望地想，如果我每天都能持續運動半小時，一定會更健康、更有活力，搞不好還會破外婆媽媽的紀錄哩，再寫個幾百本書一定不成問題！

可是，你知道嗎？在我「持續運動」也快半個月之後，每天運動的時間居然連兩分鐘都不到！差不多都在剛過一分半的時候我就撐不住了，然後大呼「我要死了！」

運動實在是好苦哇！

東東丁丁眞是貼心，看老媽如此狼狽，非但沒有笑我，還都非常好心地安慰我：「沒有關係，妳只要能常常動一下下就很好了。」

是啊，就算每天只動一下下，也總比讓跑步機淪爲擺設品要強得多啊。

救命的撒隆巴斯

有一回去浙江省「打書」。活動開始的第二天，我的牙齦就腫了，這回是腫左邊。爲什麼說是「這回」呢？因爲在此之前一個月，我去馬來西亞帶小朋友的閱讀寫作營時也有過極其類似的經驗，那回是右邊腫得老大，也是在活動剛開始的時候就腫了。當時我還想忍一忍吧，大概很快就沒事的，結果才忍了一天，牙齦就腫得好像含了一顆糖在嘴巴裡，講起話來實在是好難受。

不得已，向來不想麻煩朋友也很怕讓朋友操心的我，只得開口求救，朋友們這才發現我的臉怪怪的，簡直就是變形了！趕快幫我買了消腫藥和去火茶。只不過隔了一個晚上，第二天一早起來就已順利消腫，頓時頗覺神清氣爽。

朋友們都說，一定是因爲溫差太大，以致我身體適應不良，才會牙齦腫大。想想也是，三月初我出發的那天清晨，南京還是零下二度，還有霜凍哪，結果我一路往下飛，傍晚抵達吉隆坡時，吉隆坡可是三十幾度！溫差確實是太大了。

可那回浙江省就在南京所在的江蘇省隔壁，溫度根本差不多，我的牙齦怎麼還這麼容易就腫了呢？去除溫差的原因後，剩下的可能原因大概就是我老啦，體力不行啦，容易累啦，一累牙齦就腫了。

有了上次的經驗，這回我可不敢再逞強，事實上也沒有必要再做無謂的忍耐，一發現牙齦開始腫了馬上就告訴身邊的朋友，人家也馬上就幫我買了消腫藥，囑我當天晚上早點睡好好休息。當天晚上我很乖地早早就吃了藥上床睡大覺，滿懷期待地想著第二天一定和上次一樣，一覺醒來又是一個美美的老太太。

然而，第二天早上，一清醒過來就覺得嘴裡的那顆「糖」還在，趕緊跳起來去照鏡子，哎呀，果然臉還是歪的！

接下來的四、五天之內，朋友陸陸續續幫我買了至少四種不同的藥，有含的有服的，有一天三次也有一天四次的，我簡直就成了藥罐子了！可是好奇怪，都不見效，牙齦還是又腫又疼。

東東說，會不會是因爲大陸的藥雖然便宜（當然，這是以台幣的概念來看），但會不會效力也只有正常的幾分之幾，或者根本是已經過期了？

我忽然想到曾經看過一則新聞，說一個十六歲的少年由於被父親責罵，一時想不開竟負氣喝下除草劑自殺，結果——沒事！原來那罐除草劑在三年前就已經過期了，所以少年只是迷迷糊糊睡了一覺而已。

我趕快查看那些消腫藥的有效保存期限，都沒過期啊，可為什麼就是沒效？眞令人鬱悶。

幸好，由於中間有兩天的空檔，我提早到寧波去看一個也是從台灣來的老朋友，她的朋友一看我老人家牙齦腫了，馬上很熱心地送我一包撒隆巴斯，叫我臨睡前貼著。哎呀，撒隆巴斯，眞是好親切啊！

而且，還眞有效呢！我一連貼了三個晚上，總之白天活動一結束，吃過晚餐一回到房間，馬上洗了澡貼上，活像個傷員，不到三天就好了！我立刻下定決心，下次回台灣的時候一定要買一大盒可愛的撒隆巴斯！

既陌生又親切的蘭州

最早知道蘭州是在地理課本上，覺得這個地名很好聽，後來又經常在書上讀到它，它是一個很有歷史的古城，當年無論是漢代大將軍霍去病出征西域、古絲綢之路上唐僧玄奘西去印度，甚至傳說中馬可波羅的遊歷，都從這裡經過。

蘭州位於甘肅省中部，是甘肅省省會，距離南京很遠，可是有一天我忽然發現，儘管我還沒有去過蘭州，但我的生活中卻有不少人事物是和蘭州有關。

首先，自從我們一搬到南京，我就訂了一份《讀者》雜誌，幾年下來，我們陸陸續續也訂過不少雜誌，但一直持續下來的只有《讀者》和《圍棋天地》。《讀者》是大陸發行量最大的一本雜誌，今年是創刊第二十七個年頭了，屬半月刊，在前（二〇〇六）年四月月發行量突破了一千萬份，創下了大陸期刊史上的新紀錄。這份雜誌的出版單位是甘肅人民出版社，社址在蘭州。

《讀者》似乎頗像《讀者文摘》，不過我覺得文學性更濃。由於是半月刊，收到後可得趕緊看，哪怕只是隨意翻翻也好，總會看到不少不錯的文章。

這樣一本很有可讀性的雜誌，全年訂費才七十二元，也就是說每一期才三元！區區三元人民幣（不到十三塊台幣），實在是太物超所值了。

我很喜歡吃的蘭州拉麵，若是干切牛肉小碗最初也只要三元人民幣，這一兩年才漲到三塊半。若是紅燒牛肉小碗則是四元，後來漲到四塊半。蘭州拉麵非常有名，以致於讓人懷疑是不是每一個外出打工的蘭州人都會開拉麵館，否則哪來這麼多的蘭州拉麵館呢？這些拉麵館從店面大小、招牌、伙計的模樣（都會戴一頂小白帽），看起來都非常類似，價格更幾乎一模一樣。蘭州拉麵稱得上是物美價廉，又經濟實惠，吃上一碗小碗的蘭州牛肉拉麵，起碼五六個小時都感覺飽飽的。

我從小就特別喜歡吃麵條。有時我會先吃一碗蘭州牛肉拉麵，再去接丁丁放學，然後陪他去吃肯德基或麥當勞。從我們家去丁丁學校的路上，不到十五分鐘的車程，就有好幾家蘭州拉麵館，除去一兩家門口不便停車的，其他我每一家都吃過，結果這才發現一切看起來都很像——就連端上來時也簡直沒差別的蘭州拉麵，實際上口感和風味往往還是會有不小的差異。這就有點像老外都覺得中國菜好吃，可我們都知道國外的中國餐廳並不是每家都好吃，很多中國餐廳的菜頂多只夠唬唬老外，那個手藝啊我看連我都不如。

有一次，當我偶然得知固定爲我做保健按摩的醫生原來是蘭州人時，我隨口就問她知不知道在南京哪家的蘭州拉麵館好吃？不料她說，恐怕一家都不行，他們蘭州人出門在外是不會吃蘭州拉麵的，因爲都太難吃了，吃了之後非但解不了思鄉之情，反倒覺得鬱悶和傷心。

聽說遊人到蘭州，最想做的就是兩件事：到《讀者》編輯部參觀，以及吃一碗正宗的蘭州拉麵。如果有一天我有機會去蘭州，我也很想做這兩件事。

火車旅行

有一次我應邀去山東德州做一場演講，當天的活動還邀請了三位優秀的小學語文老師做課外閱讀的教學示範，其中有一位正好是南京市名牌小學（就像台灣所謂的名校、明星小學）的老師，一位長得像陶瓷娃娃的年輕老師，主辦單位便請這位劉老師一路照顧我老人家。

去德州，最方便的方式就是坐火車。雖然單程要十一至十三小時（距離南京有八百多公里），但是幸好有夜車，這感覺就好多了。

出發那天，我在路上先接了劉老師（原來咱們還住得挺近的），再同往火車站。目前的南京火車站是前兩年才啓用的，氣派豪華無比，比南京祿口國際機場不知氣派多少倍，晚上在燈光的襯托下更加好看。在大陸這裡就是這樣，反正愈新的建築就愈大愈氣派，實際上也是爲了滿足經濟發展的需要。開工不久的南京南站聽說還將是目前南京火車站的四倍大，我覺得那眞是大得難以想像。

我們買的是軟臥，這是最高檔的了，當然也是主辦單位特別禮遇我老人家，所以叮嚀劉老師買的。之前其實我早有這樣的經驗，在大陸坐火車，不管是坐的還是躺的，一定要買「軟」的，亦即「軟座」或「軟臥」，這種檔次的車票，貴是貴了一點，但有專屬候車室，專屬檢票口，火車進站時還會被優先放進去，可以輕輕鬆鬆地上車，不用去跟一大堆人擠，類似坐飛機時頭等艙、商務艙的待遇吧。

軟臥的那幾節車廂，裡頭除了一條長長的過道，過道上設有一些可收起來的座椅之外，都是區隔成一個個小房間，每個房間有四張床鋪，分成左右、上下鋪。我第一次坐軟臥，是幾年前和出版社的朋友結伴，也是夜車，從北京睡到瀋陽。如果大家同行，四個人都是認識的，睡覺時把房門一關，感覺眞的很安全。那天晚上，咱們那個小房間裡另外兩張床鋪的旅客都是男性，但看來彼此並不認識。剛上車時，心裡難免還是有點兒彆扭，劉老師還開玩笑的說應該買四張票，把整個房間都包下來。不過，火車一開動，很快就熄燈，大家各自爬上床去和衣而睡，其實也就沒什麼，很快就睡著了。

回來的那天，因爲車票不好買，主辦單位再三抱歉沒買到軟臥，只有硬臥。我曾經坐過一次硬臥，心裡有譜，我覺得也無所謂。硬臥的車廂裡同樣有一條過道，但沒有隔成小房間，每一個單位是六張床鋪，左右兩邊每邊各三張床鋪。最下面的那張床其實還好，但上鋪和中鋪就夠嗆了，只能斜斜地爬進去，再匍匐後退倒著出來，若待在床鋪上只能躺著，沒辦法坐著，因爲空間不夠，根本坐不直。

我們的票是一張上鋪和一張下鋪。經過將近兩天的相處，我注意到劉老師似乎挺怕密閉空間，再加上從閒談中得知原來她是一年前才從蘇北調到南京，和她比起來我算是老南京了，我心裡立刻有一種想要照顧她的感覺，於是自告奮勇堅持要睡上鋪，然後三兩下就爬上去並且迅速擺平，劉老師還誇獎我身手挺矯健的哩。

我們就這樣一路睡去，又一路睡回來。如果有伴，這樣的火車旅行眞的還挺方便，也挺有意思的。

上醫院

當我們在南京度過四個冬天之後，對於冬天已經算是相當習慣了，什麼時候該開始穿衛生衣、穿毛褲、戴圍巾、戴手套、擦護手霜、擦凍傷藥，家裡又什麼時候開始給每一個人都多加一層被子、偶爾開開暖氣（我們都覺得暖氣開多了其實也不舒服，太乾了），總之，一切都是有條不紊，按階段慢慢來。

猶記得二〇〇二年第一次在南京過冬前，我還眞是如臨大敵，生怕東東丁丁生病。

其實，應該說大部分的大陸人都挺怕生病，因爲六成多的人都沒有醫療保險，而看病費用又挺貴。在這裡還有一種說法：現在小康之家最怕買房，窮人家則最怕生病，因爲這兩件事都會使一個家庭迅速返貧或經濟崩潰！看病費用之高，由此可見一斑。

我們家第一個保母是從農村來的，每次生病都不肯去看醫生，後來總是在我保證會替她出醫藥費之後才肯跟我去醫院。

很多大陸的朋友在得知我們現在定居南京之後，也都馬上就會關心一個很實際的問題：「那你們如果生病了怎麼辦？」

眞的生病了，當然也只好看了，幸好我們母子三人的身體都很好，除了偶爾有一點小感冒，很少生病。東東丁丁都只有在剛搬來還不到半年時，各得過一次急性腸胃炎，可能是有點兒水土不服吧。

在這裡，我還眞的挺怕生病。一來是看多了一些匪夷所思的報導，生怕碰到什麼庸醫，所以保母生病時我都是帶她到南京最大的鼓樓醫院去看病，才有安全感；二來是這裡的習慣實在是和台灣差好多！比方說，大部分的藥都是中藥，只不過是做成藥丸之類很像西藥的樣子，我們實在是吃不慣。有一種給小孩子吃的感冒藥，就是粉末狀要沖泡，泡成一種咖啡似的液體，小丁丁恨死了，吃了一次，抱怨好久，好一段時間連看到我泡咖啡他都怕怕。

更不習慣的是這裡好喜歡「掛水」，就是我們說的「打點滴」，總是動不動就要掛水。其實報上不止一次報導，中國是全世界第一的掛水大國，這種現象頗不正常；專家還經常呼籲，七成以上的病人其實根本不需要掛水。

可是病人卻總是吵著要掛水，總相信這樣會好得快。我家第一個保母也是這樣，那我總不能不讓她掛，免得她還以爲我小氣呢，結果一掛就至少得在醫院耗上四到六個小時，眞是苦不堪言！

每逢日夜溫差較大或季節交替，總之就是感冒病患大增的時候，連好多梧桐樹也會因掛水而遭殃；因爲醫院的掛水室不敷使用，吊架不夠，很多人遂把那些鹽水袋釘在一棵棵梧桐樹上，然後就在樹下掛水！想想看，一大群人圍著大樹掛水，眞是蔚爲奇觀。

實際上那些掛水室已經相當奇特——在一個大房間裡有一排排還挺舒服的單人沙發，每張沙發旁立著一個吊架，整齊劃一。以前在台灣我偶爾上醫院需要打點滴時，向來都是躺著打，我還是直到來了大陸才知道，原來點滴可以坐著打！

聽老外講普通話

平常在家時我都是聽CD。不知道是不是因爲年紀漸長，我現在好像愈來愈喜歡聽西洋古典音樂，尤其是在看書和寫稿時，我覺得最適合由巴哈陪伴，柴可夫斯基也不錯，聽莫札特似乎太容易分心了。開車的時候則是我聽廣播的時間，儘管我開車的時間也不多啦，幾乎就只是接送小孩，或是我自己偶爾外出，反正一上車我就喜歡聽廣播。

有一天，一跳台就聽到兩個人在談有關開車的事，當時我剛開始在南京開車，對這個主題自然還挺有興趣，就決定聽下去，否則一般我都是儘量找正在播放音樂的電台聽；這兩年來的流行音樂我都是透過廣播電台來了解的。

主持人是女士，來賓是男士，兩人都是一口標準的普通話，起初我還以爲是兩個本地人呢，直到那個來賓說：「中國司機的反應大概是全世界最快的，那些橫穿馬路的人，還有突然衝出來的自行車，如果是在我們法國，一定必死無疑，可是中國司機都可以像沒事一樣閃過去……」

我這才明白，噢，原來他老兄是法國人。瞧他的普通話說得多溜，還會用「必死無疑」。

現在在大陸能說一口標準普通話的外國人是愈來愈多了，所以，千萬不要以爲外國人聽不懂而當著人家的面「議論」他們。

比方說，有兩個女孩在公車上看到一個黑人，其中一個女孩對同伴說：「妳看那個黑人好黑。」沒想到那位老兄聽到了，轉過頭來似笑非笑地對女孩說：「就妳白呀。」

還有一次，也是兩個女孩在地鐵上「議論」一個外籍男子。一個說：「妳看那個外國人好帥，是美國人吧？」她的同伴還來不及回答呢，外國帥哥已經自己解答了，「才不是，我是德國人。」

總之，有好多好多類似這樣的小故事都一再告訴我們一個「教訓」，那就是——在外國人面前千萬別瞎說，以免尷尬。

據說現在全球都出現了一股「漢語熱」，這可以從一些具體的數據得到佐證，比方說，來華留學生人數急劇上升（中國從一九五〇年開始接受來華留學生，當年只有三十三人，到二〇〇二年卻已增加到八點五八萬人）；國內外漢語教學機構數量快速增長；參加漢語水平考試的考生人數持續快速上升，到了二〇〇四年外國考生人數已達十萬人，中國已在三十四個國家設立了一百五十一個考點。

報導說，在這股「漢語熱」的背後其實是「中國熱」。中國悠久的文化在很多外國人的心目中本來就具有一種特殊的吸引力，近年來中國綜合國力又不斷增強，在國際事務中舉足輕重，再加上巨大的市場和迅速發展的經濟，在經濟全球化的背景下，學習漢語的人數自然就不斷增多。

如果問外國人：「爲什麼學漢語？」他們的回答幾乎都很簡明扼要又直接了當：「爲了用。」

或許，就是因爲要「用」，他們才那麼敢講，而愈講也就愈好了。

國語走遍華人世界

同樣是移民，一講到移民至大陸，大家都會立刻說：「去大陸啊，都是用中文，語言又通，一定沒問題！」但是，所謂語言相通，指的是普通話，也就是我們所說的國語，儘管你聽到的可能是上海版普通話、杭州版普通話或南京版普通話等等，除了北京人，否則其他各地的普通話都會帶著當地的口音，但好歹還是普通話，都還很聽得懂，溝通上才不會有問題，否則你聽聽上海話、杭州話、南京話吧，包管你像鴨子聽雷，啥也聽不懂，就算拼命想猜也根本無從猜起。

這幾年來，我陸陸續續到香港、馬來西亞和新加坡，只要碰到華人，儘管大家也都帶著口音，香港版普通話帶著濃濃的廣東腔，馬來西亞也有特殊的腔調，譬如普遍都會把「了（˙ㄌㄜ）」唸成「ㄌㄧㄠˇ」，新加坡則因爲畢竟是屬於英語國家，華人之間在講普通話時經常都會夾雜著英語，但不管如何，還是普通話！就憑著這一點，我無論到哪裡都不會有溝通上的困難，還經常有人誇獎我「還是你們台灣人說的普通話好聽！」

「中文」反而已逐漸不是那麼「方便」和「通用」，因爲現在整個華人世界大概只有台灣在用繁體字和注音符號！

其實香港人很多都還是喜歡看繁體字，但他們好像都受不了注音符號，還有人很奇怪地問我，幹嘛不以繁體字配大陸的漢語拼音？（這個問題可眞夠絕的，怎麼可能會有這種組合呢？）

在馬來西亞的書店目前雖然仍是以繁體字的書籍居多，都是從台灣去的，但來自大陸的簡體字版的書籍正不斷增加。當地的朋友都說，台灣書以往所具備的優勢正在逐步消失，主要原因是大陸書在美術、裝幀、印刷上比起過去有長足的進步，而台灣書又實在太貴！還有一個很重要的趨勢，就是未來能看懂繁體字的人將愈來愈少！因爲當地中文的正式文字就是簡體字。朋友們說，現年三十歲以上的人大概繁體字和簡體字都還看得懂，但是三十歲以下的人已普遍看不懂繁體字。

在香港和新加坡，簡體字亦是正式的中文。

我在十幾年前透過閱讀早就可以看得懂簡體字，但我一直都還是喜歡寫繁體字，因爲繁體字好看嘛，對於像我這樣一個至今仍用紙筆寫作、不用電腦的「摩登原始人」來說，我覺得寫字本身就是一種享受，當然要寫繁體字。

可是這幾年來每當我和香港、馬來西亞、新加坡的小朋友交流，需要寫白板時，如果我寫繁體字，他們就會看不懂，這個時候我只好趕快再補上簡體字。

語言和文字本來就是用來溝通的，如果世界上其他地區的華人都用簡體字，我能堅持只用繁體字和大家交流嗎？那就很難交流了。

幸好我會普通話。靠著普通話，靠著這個我自小就學習的國語，就足以走遍全球華人世界。

聽說政府曾經一度頗有壓制國語的意思，甚至鼓勵老師用閩南話上課，我在想，那再過十幾二十年，我們的孩子難道還得上補習班惡補才會說普通話？

只有嚴重缺乏自信才會如此自絕於整個華人世界，實在是愚不可及！

因公外出時

多年前曾經讀過一篇文章，說男性出差在外，鮮少有人會詢問「那你的小孩怎麼辦？」可是女性出差，只要妳是一個母親，不管妳是不是單親，總有人經常會這麼問。

確實如此，我自己的經驗也是這樣，每次我因公外出（說起來我已經好幾年不曾為了玩耍而出門，出門總是為了工作），無論走到哪裡，總有人會好心地問：「那妳的小孩怎麼辦？」

幸好東東丁丁都大了，不是小小孩了，所以現在比較好辦，只要我回答「東東已上大學，週末才回來，丁丁的生活起居則有保母照顧」，就可以過關。

有時碰到一些冒失鬼，居然還會追問：「那妳先生都不管嗎？」我只好照實回答我現在沒有先生。其實這句話本來應該是「沒有先生，只有男友。」但是對一般初識的人，這是我的私事，我當然沒有必要說那麼多。

沒想到這麼一來，引起了好些女性的注意，在晚餐過後，不時會有一些女性說想請我喝茶啦、出去逛逛啦、或想到我房裡來坐坐啦，實際上是想找我談談心。她們多半才三十出頭，比我年輕得多，都叫我「管姐」或「管大姐」。她們都是單親媽媽。也許做一個單親媽媽委實不易，我是不是讓她們看到了自己的未來？也許她們會想如果自己也一直就這樣單身下去，等她們到了我這把年紀，是不是也能過得很好？還笑得出來？

萍水相逢，人家就這麼信任我，和我交心，我當然得眞誠以待，何況我本來就是一個坦誠的傢伙呀！很多朋友甚至都還說我是「過分直率」呢。於是，我自然就會說，其實我現在是有一個很好的男伴，儘管這也不是我刻意尋求，只不過一切隨緣……結果，我這一坦白，還眞把很多人嚇了一大跳，她們原本都以爲我是孤苦無依的。

哎，就算沒有男伴，我也絕不會是孤苦無依的呀！只要有閱讀習慣，一個人的精神生活永遠都會感到很富足。這絕不是陳腔爛調，而是我眞實的體會。

再說東東丁丁。每回我出門，其實總有一種感覺：我好像總把他們帶在身邊。一方面固然是因爲我們天天聯繫，每天可能還不止聯繫一次，另一方面每當在和小朋友、大朋友交流時，我總是很自然地就會提到他們。有的時候是為了舉例說明，更多的時候則是一種自然的聯想——特別是看到那麼多天眞可愛的孩子們，我總會立刻就想起東東丁丁也那般大的模樣，彷彿就像昨天……眞不敢相信他們現在已經這麼大了！

每當有什麼好玩的事，我也總會迫不及待立刻就在電話中告訴他們。比方說，有一次我在寧波一所學校講課兼簽售新書，學校很客氣，還安排了一個植樹活動，不過不是植一棵小樹苗，而是有點兒像認養一棵樹，把一棵已經長成的小香樟算做是我的，由一些小朋友和我一起拿著鏟子做做樣子（這一招還眞聰明，這樣就可「保證」我「植」的樹不會死），在這棵小香樟旁邊還做了一個碑，說是我的紀念樹，我一看立刻就覺得自己好像已經作古了！東東丁丁聽我這麼說都笑壞了。

三阿姨和四阿姨

我向來喜歡在家裡掛一些書法和繪畫作品。以前在台北時比較屬於「中西合璧」，有書法也有版畫、水彩畫還有攝影作品，不過五年多前搬家時統統沒帶來，現在南京家裡掛的東西似乎自然而然地都挺有中國特色，有中國結、雲錦（清朝官服代表官品的那塊四方形的織錦工藝就是雲錦）、刺繡風景畫（有一幅以梵谷向日葵爲底的刺繡，也算是「中西合璧」了），還有書法和國畫。

我特別要提的是現在掛在客廳的一幅牡丹作品，因爲它是我四阿姨畫的，上面還有四姨父很棒的書法，題名爲「爭艷」。四阿姨把這幅書畫作品寄來時，還特別解說畫上一共有十八朵大大小小、形態各異的牡丹，以「十八」代表「要發」。這是由於大陸都習慣把「一」唸成「一ㄠ」，「八」則自然是取「發」的諧音，這與港台的習慣是一樣的。多虧了阿姨解釋，否則我大概不會去數一共有多少朵牡丹，也就不會想到原來畫裡頭還有「要發」這樣的祝福。

四阿姨和姨父住在常州，離南京只有一個半小時車程。我第一次見到他們是在前兩年，而我知道自己居然還有一個四阿姨，也就是在見面之前一個月。當時，媽媽從美國來南京玩時告訴我的。

從小我只知道有大阿姨、小阿姨兩個阿姨，她們都是很早就去了美國，還有一個三阿姨在江西九江（也是在同年十月首度見面），但我從來就不知道還有一個四阿姨，而且還一直就住在媽媽的老家。媽媽的祖籍是江蘇武進，武進現在已經成爲常州市的一個區了。

我很喜歡三阿姨和四阿姨。除了因爲她們人好，我想還有很重要的一點是她們都很有創作才華，令我深感佩服。三阿姨的創作才華表現在縫紉上，四阿姨則表現在國畫上。聽說長久以來三阿姨家人的衣服都是她自己做的，四阿姨則是退休以後才開始在老年大學裡學國畫。

儘管學畫的時間並不長，但我感覺四阿姨很有慧根，牡丹畫得特別好。在四阿姨家欣賞了阿姨不少作品之後，我跟阿姨索要一幅牡丹，阿姨很爽快地答應下來，而且很快就「交稿」了！我馬上送去裱褙，然後掛在客廳，取代原來掛的「業精於勤」的書法。在家裡掛一幅阿姨的畫作，意義也不一樣。

我也向三阿姨索要她做的衣服。能有機會向長輩索要東西，撒撒嬌，也是一種幸福呢！難怪東東丁丁都說他們到了七十歲還要過兒童節。那也就是說，我得好好保重身體，立志當人瑞！

三阿姨送了我一條長裙，和一套比較正式的帶小背心的裙裝。她根本不用量身，僅憑目測，而且只看了幾眼，就能裁剪得大小合宜，眞厲害！

我從小就笨手笨腳，家事課的成績也向來很糟糕，我是不敢奢望能效法三阿姨縫紉的本事，但是也許再過十幾年，等我屬於半退休狀態的時候，我也有機會在畫畫上學出一點名堂。我本來就希望（或者說計劃）在半退休狀態時要開始學畫畫。

令人發瘋的房價

如果要你隨便寫一個字，你會寫哪一個字？

聽起來好像有點兒像測字，其實教書法的老師在第一次上課的時候，都會叫學生隨便寫一個字來看看功底。

大陸在上世紀九十年代中後期，社會上研習書法的氛圍還相當濃厚，直到進入二十一世紀，隨著電腦的迅速普及，年輕人才逐漸遠離了鋼筆，遠離了書法，一個個都苦練打字去了。有意思的是，現在如果偶爾還有一些年輕人學書法，在第一次上課，老師要求隨便寫一個字來看看功底的時候，大家所寫的字居然驚人的雷同。你猜得出是哪一個字嗎？

是「房」。

曾經有人在報上批評現在的年輕人很多都是「啃老族」，完成學業進入社會工作之後，依然住在家裡，即使是結婚要買房，也要靠父母……可是很快就有很多年輕人大吐苦水，甚感冤枉地表示，現在的房價那麼高，他們如果不「啃老」又能啃誰呢？

說得也是，房價確實太高了，這使得上下兩代人都十分焦慮。現在每當我到外地去講課辦活動，不管是到哪一個城市，在餐桌上最普遍的話題就是房價，其次是炒股。如果是小範圍的飯局且在座都是女性的話，話題往往就是子女的學習。

關於買房，年輕人焦慮買不起房，老一輩則往往焦慮沒法替孩子買房，特別是有兒子的家長。我這一代（就是現年四十幾歲）的下一代幾乎都是只有一個孩子，很多人的觀念又頗傳統，總覺得自己有責任要替孩子操辦一切，孩子小的時候，操心他念書，等到孩子大了自然要操心他找工作和買房。有一次我在外地碰到一位女性領導，和我同年，那一陣剛在南京爲兒子買了房子，因爲兒子在南京工作，未來也想在南京安頓下來，爲了買這個房子，他們夫妻倆差不多傾其所有拿出了畢生的積蓄才總算付清了頭期款，另外還有幾十萬長達三十年的分期付款。

「三十年！」我簡直不敢相信，「三十年後妳都七十七啦！快八十啦！還要付貸款？」

她卻不以爲意地說：「到時候我還不完就讓兒子接著還呀！否則以他那點工資怎

麼買得起房子？將來又怎麼結婚？」

在這樣的看法之下，每當人家知道我有兩個兒子，都很爲我著急，覺得我的負擔實在是太重了！

我說我不打算替他們包辦，我覺得當他們完成學業的時候，我的責任就算盡了，什麼買房、結婚，那應該都是他們自己的事啊，當初我也沒受過長輩的照顧啊……

可是大家都認爲我這番言詞純屬理論，實際上是行不通的，因爲「年代不同了啊！」，原來我們這一代當年普遍都是白手起家，可是看看現在瘋漲的房價，更可怕的是這種高房價好像還在不斷攀升，什麼時候才能停止沒人知道，指望工薪階層的年輕人要靠自己的力量買房，實在是不大可能。

經過仔細思考，我現在也眞的不大敢再堅持自己的理論了，不過我想將來我最多只能在頭期款幫幫忙……

滿街都是馬靴

天氣冷了以後，每次出門都覺得很有情趣，因爲可看的東西更多了，除了逐漸落葉的梧桐和成排金黃色的銀杏所帶來的迷人的秋天景致之外，街頭的人也更好看，特別是女性。

我向來喜歡看人，男人女人都愛看。我第一次感覺到自己老了，也是在看到二十幾歲年輕帥哥的時候忽然驚覺我怎麼會聯想到東東！已滿二十一歲的東東確實是一個帥哥，帥到不止一次居然有陌生女孩會主動向他要手機號碼。哎，時代眞是不同了啊。

天氣轉涼之後，我會比較專心看女人，特別是二十幾歲的年輕女孩，還有三十來歲的少婦，她們有很多人都喜歡穿馬靴，而那些馬靴不管是高筒或是短筒都是那麼的好看，樣式還那麼豐富，印象中我還極少看到色澤和款式都一模一樣的，總有些不一樣，總是令我看得目不暇給，眼花撩亂，可也眞的是賞心悅目啊。

可能我對馬靴有一點特殊情結吧。記得在我念小學六年級的時候，有一次全家出去看電影，路上我看到一個女孩穿著一雙高筒馬靴，眞是帥氣透了！當場我就羨慕無比地說，那個靴子好漂亮啊！沒想到爸爸立刻說，等妳長大了一定給妳買一雙。我聽了眞是驚喜不已。

可是等我長大以後，爸爸從未提過馬靴的事，而我呢也總覺得自己的腿又短又肥還不大直，穿馬靴一定不好看，所以也從未再奢望能擁有一雙馬靴。不過我卻一直喜歡欣賞別人穿馬靴，眞的都好漂亮啊。

說到漂亮，東東和我都覺得大陸的女孩子確實都挺漂亮，或者應該說在大陸女孩中漂亮的很多。每次上街，放眼一看，經常都會看到好多漂亮女孩。這一方面是指她們不僅身材比例合宜，五官禁得起細看，另一方面也表現在她們的穿著打扮上。

若是在十年前，只要往街頭一站，哪些是大陸女孩哪些是港台女孩，幾乎是看一眼就可以斷定，老實說那個時候的大陸女孩在穿著打扮上是比較土氣，可是那早已成了過去，現在大陸女性很多都比港台女性還要來得洋氣！

相形之下，我覺得大陸的男性好像普遍都比較抱歉啊，至少放眼看過去讓人感覺出色的並不多。就連文化圈裡的人，很多也都是長得奇形怪狀的哩。

當然啦，外表固然頗要緊，內在修養和談吐舉止對於一個人是否能具有長時期的吸引力還是至關重要。這雖然是老生常談，可確實一點也沒錯。

有一次我就看到一個打扮入時，足蹬一雙帶有流蘇長筒馬靴的時髦女孩，把喝完的飲料鋁箔包隨手往地下一丟，我當場就覺得挺沒勁的。

長筒馬靴一定要穿起來才會好看，若只是放在那裡看起來簡直像義肢，如果這些馬靴的主人一個個不僅漂亮，還能舉止優雅，斯文有禮，那不是很好嗎？

不過，也或許因為我是女性才會如此「挑剔」吧，男人也許一看到滿街都是馬靴、滿街都是漂亮女孩，頭就昏了！

人比人，不能比

轉眼間我們搬到南京已經五年多啦，這五年多的時間，一切的變化都是那麼的大，比方說南京市從不塞車到現在尖峰時間也是塞得要命，我們家社區從可以隨處停車到現在停車位也是一位難求，以及南京從沒地鐵（捷運）到有地鐵，橫跨長江的大橋從原本的一座已增加到四座……隨著各方面建設的迅速發展，既帶來經濟的蓬勃，也帶來一個眞切的感受，那就是——人民幣好像沒以前「好用」了。

我在客廳桌上放了一個桌曆，保母每天買了什麼菜呀米呀油呀，她告訴我一個數字，我就記在桌曆上面，如果我不在家她就自己記，我不時會留意一下這些數字，覺得差不多了就給她一百塊，反正我不會讓她墊錢就是，而同樣的一百塊，以前覺得可以用好幾天，現在卻不怎麼經用了，好像一下子也就用完了。

近年來常聽台灣的朋友說「什麼都漲，就是荷包不漲」，我從電視上也聽過這樣的說法，而大陸的朋友則是說「什麼都漲，就是工資不漲」！

（恕我咬文嚼字一下，我覺得「荷包不漲」這種說法不太恰當，因爲反過來看，如果荷包裡銀子很多，一般都是說「荷包鼓起來」，也不會說「荷包漲起來」嘛。）

其實工資當然還是有漲的，只是追不上物價，感覺上就彷彿沒漲了。

（再插嘴一句，其實啊，版稅和稿費才簡直是幾十年幾乎都沒有調整哪，而且這種情況可是兩岸都差不多，都幾乎是「數十年如一日」。）

記得在我念國中的時候，有一位老師在他辦公桌玻璃墊下壓了一張卡紙，上書「人比人，不能比；人比人，氣死人」，當時我年紀小，只覺得這兩句話很怪，現在我才知道，這兩句話不是怪，只是很成人。試想如果做學生的和老師說（或者應該說是和大人說），「人比人，不能比」，我不跟人家比分數，一定會被怒斥爲不上進，可是在大人的世界，很多事情卻眞的不能比，否則心態就會很不平衡！

就拿面對物價上漲，銀子愈來愈不「好用」這件事來說吧，世界銀行曾有過一篇針對大陸的分析文章說，近十年來收入分配處於底層的百分之十的人，收入增加了百分之四十二，中間層收入增加了百分之一百一十五，處於頂層的則增加了百分之一百六十八！而我很多大陸的朋友還都認爲眞實的情況恐怕會比這些數字還要更爲嚴重和誇張！

你看，這就是差距了。十年來，儘管連收入分配處於底層的人，他們的收入實際上也有增加，至少政府發放的低收入戶保險金就不斷在增加啊，可是若和中間層、頂層的人相較，就會覺得他們那點增加的收入根本不算什麼！

大陸的政府已鄭重宣示一定要致力解決貧富差距，建立和諧社會。這個難題雖然不易解決，可確實一定要努力去做，否則一個貧富懸殊的社會，是很難和諧的。

好些大陸的朋友都說，幸好他們「生得早」，看看現在的孩子吧，被升學、就業、高房價等等棘手的問題壓得都快喘不過氣啦，孩子們也很辛苦啊。還有朋友會問：「台灣的小孩就好得多吧？壓力沒這麼大吧？」——唉，我只能苦笑，實在是一言難盡啊！

好貴的教訓

話不要說得太滿。凡事沒有絕對。現在我可是深刻體會到了。

大概在兩三年前，有一次我到公安部出入境管理局辦暫居證加簽，看到一個台灣來的媽媽牽著七八歲大的孩子，神情焦慮地不斷向工作人員解釋，因爲一時疏忽忘了及時來辦續簽，現在簽證逾期可怎麼辦……，當時我心裡還頗不以爲然地想著，哪有這麼糊塗的媽媽，這麼重要的事也會忘記？我就絕對不會忘。

言猶在耳，時隔兩三年，現世報來了。

那天原本只不過是一次尋常的出境。儘管定居在南京，因爲工作的關係，我每年都要出境五六次，在機場進進出出對於我來說根本是家常便飯。那天的行程原本還特別輕鬆，因爲主要只是應邀去新加坡演講，前後不過三天，又是從南京直飛新加坡，不需要轉機，單程只要五個小時左右，一點也不會累。

拿到登機證，我輕輕鬆鬆地往裡頭走。現在台胞早已比照大陸居民，不需要塡出境卡和入境卡，出入境又省了一道手續。看看時間還早，團隊人潮也還沒過來，我想我很快就可以通過邊防檢查站和安檢，悠哉地晃到登機門，然後坐下來看書，安心候機。

沒想到，邊防檢查站工作人員的一句話讓我一下子有如五雷轟頂。

「妳的暫居簽注過期了。」

哎呀，天哪！是啊是啊，我這才猛然想起印象中年底是該去辦一年一度加簽的呀，可是我好像把這件事徹底給忘了！

我急忙認錯，急忙解釋，「對不起，最近工作太忙了，不小心忘了……」

其實我幾時不忙，但我只能這麼說了。這個時候我還不知道我逾期多久，因爲我還眞的壓根兒忘了我的暫居證是哪一天到期。

等到他們把我帶進辦公室，我眞正意識到了事態嚴重。原來我的暫居證是在十一月一日到期，而那天是十二月二十一日，他們告訴我，我非法居留長達五十天。

一聽到「非法居留」這四個字，我的腦袋都快炸了。

怎麼辦呢？他們告訴我，我有兩個選擇，一個是放棄當天出境，回到市裡去補辦加簽，改天再走，可是這怎麼成，我是去工作，又不是玩，怎麼能不走？接著，他們說，如果我堅持要走，那就只有接受處罰——我得繳納四千元罰金！（相當於將近一萬八台幣了！好痛！）

我別無選擇，只得認罰，但我身上沒那麼多現金（出去工作我向來不用帶銀子的呀），於是乎只好趕緊討救兵！

在等待救兵火速送銀子來機場的時候，有位仁兄（我聽到他是課長）還問了我幾次：「妳怎麼說？」還能怎麼說呀，我說：「你別一直逼我呀，我不是已經討救兵了嗎？人家趕來也要一點時間呀！」他後來才稍做解釋，說他們有規定，每個案件要在半小時之內解決。眞是不近人情的規定！

唉，這眞是一次慘重的教訓。我承認是我自己不對，不過我還是覺得處罰也未免太狠太重了，好歹我是良民，又是初犯嘛。那一段期間，我差不多逢人就「哭訴」，大家也都好同情我哪！

雪災

二〇〇八年元月中我回台灣的時候，聽東東丁丁說南京下雪了，當時我還眞著急，生怕等我十幾天後回南京時，雪已經不下了，那我又要錯過雪景了。二〇〇七年的冬天，南京沒有下雪，我還挺遺憾的呢。

元月下旬，就在我回到南京之後沒幾天，大雪來了。

那天清晨，我照例在六點四十五分之前下樓，準備送丁丁去學校。儘管名義上已經開始放寒假，但只要是好一點的學校都緊接著已展開假期補課，就跟沒放假差不多。當時屋頂和路面都已經有一層薄薄的積雪，天空還飄著細細的雪花，看起來怪好看的。

「不知道學校會不會宣佈放假？」丁丁說。

我則勸他「別作夢啦」，因爲這雪下得又沒多大，學校怎麼會輕易停課。

沒想到，才短短三個小時，事情開始有了出人意料的轉變。雪愈下愈大，看著漫天飛舞的雪花，讓人開始隱隱地感到不安。終於，學校發來簡訊，說因天氣惡劣，春節前的補課立刻暫停，還要求家長儘可能來學校接孩子，確保孩子們的安全。

我馬上飛奔下樓，東東跟我一起。我本來就打算要送東東去參加「萬智牌」的比賽，現在看樣子丁丁也可以參加了。果然，接到丁丁之後，他一上車立刻興高采烈地嚷著：「我也要去玩牌！」丁丁還說，當老師宣佈要停課，全班乃至全校立即爆發出如雷的歡呼聲！

原本我還擔心雪下得這麼大，比賽會不會取消，但他們都非常篤定地表示一定不會，後來事實證明果然如此。在他們玩牌的那段期間，我在附近一家咖啡館喝咖啡，看著外頭忽大忽小的雪花，和街頭陸續出現的大大小小、怪形怪狀的雪人，度過了一個頗有情趣的午后。

不騙你，後來我們才知道，想堆一個像插畫家筆下那麼可愛那麼漂亮的雪人，真的是很難啊。

第二天一早下樓，一腳踩下去，乖乖，積雪已經深達小腿肚了！每一輛車包括我的車，都被雪整個地封住，一定要先費勁鏟雪，才能把車子挖出來。記得前一天，我還在想難怪蛋糕師傅喜歡用糖霜來當成雪，感覺眞的是很像啊，而現在看著四周一片積雪，我覺得自己好像是住在鮮奶油蛋糕裡！

雪還在不停地下。之前那種詩情畫意的感覺漸漸被一種不知所措的焦慮所取代。特別是看到江南一片雪災的新聞，不免要胡思亂想，總擔心萬一水電供應異常那可就慘了！幸好，我擔心的事都沒有發生。

這一場大雪持續下了三天，是南京五十年來不曾遭遇過的一場大雪，三天下來積雪達三十七公分，家家戶戶的房頂都像蓋了一層潔白的、厚厚的羽絨被。

雪停了，接下來就是冰凍。開車上路，老覺得方向盤不穩，車輪也老在打滑，我開得格外小心翼翼，生怕一不小心會出什麼意外。在這樣的情況之下開車，我可是經驗不足啊。

雪那麼美，眞沒想到若持續地下卻也會成災。看來這又是一次彰顯「過猶不及」的例證。

回

最近一次回台灣，要返回南京的那一天，我在機場的免稅商店想給大陸的朋友帶兩條菸，結帳的時候，我請教服務員現在是不是規定只能帶兩條，他問我：「妳要去哪裡？」

「回大陸。」我幾乎是不假思索地立刻回答。

「大陸規定只能帶兩條。」工作人員告訴我。

稍後，當我來到候機室，坐在那兒發愣時，我還不時在想，好奇怪啊，也不知道是從什麼時候開始，我已經變成是「回大陸」而不是「去大陸」了。

同樣的變化也發生在東東丁丁身上。他們現在會問我：「妳什麼時候去台灣？」而已經不再是「妳什麼時候回台灣」了。

我自己在和大陸的朋友說起出行計劃時，倒一直都還是用「回台灣」這種說法。

我既說「回大陸」，也說「回台灣」，是因爲現在兩邊都是我的家了。

坦白說，在剛剛越洋搬家至南京大概一年以內吧，那時回到台灣度假，要再離開台灣時，眞會有一種滿捨不得的感覺，而離開一段時間之後剛回到南京，心理上也還會有那麼一點不太適應，現在就不會了，現在不管是「回台灣」或「回大陸」，我都覺得很高興。

我在台灣土生土長，住過很多地方，雖然是在台北市出生，卻是在中南部長大，直到高二下學期才又重回台北市，然後一住就是二十幾年。除了台北市，我住得最久的城市是嘉義市，也不過就是四年。而如今我在南京已經住了快六年了！對南京愈來愈有歸屬感也是很自然的。更何況我是人到中年之後才在南京重新開始，而這幾年下來各方面都得到休養生息，確實是在南京安居樂業啦。

人生的機緣有時就是這麼奇妙。當年我在寫《小婉心》那本長篇少年小說時，因爲故事場景主要是在南京，我還得經常向媽媽請教。那時我根本還沒來過大陸，對大陸任何一個城市都沒概念，而媽媽在少女時代曾經在南京住過三、四年。當年媽媽很喜歡逛的「中央商場」現在還在，只不過早已經過無數次的整修，同時，在媽媽少女時代，「中央商場」是南京唯一一家百貨公司，現在在「中央商場」四周則早已冒出一大堆的百貨公司，形成一個特別熱鬧的商圈，這就是很多南京人喜歡逛街的地方——「新街口」。

一直到現在，都還有朋友會關心地問我們在南京住不住得慣，我都是很誠實地回答：「大體上還可以。」我們畢竟是屬於移民，任何一個移民若想要百分之百地融入新環境，恐怕都是不太可能的吧。每個人、每個家庭的情況都不一樣，在我們這個個案中，我只能說這幾年來我們確實是比過去要過得好。

這不只是我這麼說，東東丁丁也是同意的。每個社會都會有些令人不滿意的地方，所謂「完美的社會」根本不存在，若始終帶著挑剔的眼光，只看不盡如人意的地方，只怕不管在哪裡都住不慣，都會怨聲載道。

東東丁丁轉眼也都大了，他們就像一般的孩子，未來充滿著各種可能。他們將來未必會留在大陸，不過這幾年在大陸求學確實對提昇他們的程度、增強他們日後的競爭力肯定是大有幫助的。

關於口音的聯想

不久前，我在澳門機場轉機。在此之前，我還沒去過澳門。那天我有事陸續請教了四個機場的工作人員，得到的服務態度都很差。後來，我和東東說起此事，並且表示儘管這樣說很不客觀啦，但我那天眞有一種「澳門人怎麼這麼死相」的感覺，東東告訴我，他曾經聽一個好朋友說過（這個好朋友是澳門人），在澳門你若是講普通話是會遭到歧視的。

現在由於去香港和澳門的大陸人多了，到處都能聽得到普通話，大概一聽到比較標準的普通話就會讓人聯想到大陸人。我在香港也有過幾次一開口居然被人誤認爲是大陸人的經驗，無非也是因爲我沒有「台灣國語」的腔調，我的普通話應該說是還算是比較標準吧。

這幾年每次回台灣，若碰到不熟的新朋友，一知道我目前定居在南京，往往都會說：「怪不得！妳一定是去了很久了吧！口音都變了！」其實，我哪有啊？只要是老朋友就會知道，我一向就是這麼說話的，小時候就是因爲我的國語比較標準，沒有台灣腔，還曾經糊里糊塗地被老師派去參加過那時我並不擅長的演講比賽呢。

當然，在一個地方住久了，再加上我現在接觸的平面的報章雜誌確實以大陸的居多，我現在是比較喜歡用大陸的一些用語；有很多大陸的用語的確都很傳神也很有趣啊。但是在口音方面，我想我的口音就算有了一些改變，也不可能是大幅度的改變，因爲鄉音難改，我在大陸也碰到過不少都來了十幾年的台商，可是一張口還是台灣國語啊，他們來了那麼久，口音也沒多大的變化。

口音常常被用來區分一些群體，這原本也很自然，所以出門在外聽到鄉音看到老鄉才會備感親切嘛，可是若因此而伴隨著優越感，那就叫人很不舒服了。

自從來到南京之後，東東丁丁一直都是念當地的學校，也都是學校裡唯一的台胞，老師和同學們對他們一開始可能難免有些好奇，但也沒有把他們視爲特殊分子，同學們對他們也很友善，他們從來沒碰到過什麼不愉快的事，倒是東東上了大學以後，因爲有些實驗課之類必須採小班制，學校就把台灣、香港和澳門的學生編成一班，在這一班，來自台灣的學生都是在台灣念完高中之後來的，像東東這樣比較早來大陸念書的孩子比較少，才剛認識，很多人馬上就對東東說：「你的口音都變了！」

這句話的潛在意思似乎是「你已經被同化了！」，其實，哪有這麼嚴重？東東從小說起普通話本來也就沒有什麼「台灣國語腔」啊！

東東覺得，有些帶著台灣國語口音的同學都挺有優越感的，可是——東東說得很直接——「他們那麼傻，程度那麼差，還有什麼好優越的？」

老實說，這幾年來我經常在華文世界講課，接觸到各地的孩子，眞會爲台灣的孩子擔憂，因爲相比之下，台灣孩子的程度普遍都愈來愈差，可是如果只待在台灣，他們永遠不會知道外面世界的變化，也不了解自己跟別人的差距。台灣的孩子都成了一隻隻坐井觀天還挺有優越感的小青蛙。可是這難道是孩子們的錯？當然不是！這是我們大人的錯，我們沒能給下一代提供一個好的環境，我們讓下一代正迅速喪失他們的競爭力。

告別

《好命女王》（原名「我們在南京的日子」）在家庭版上刊載了好一段時間了，前前後後居然寫了十萬字。這是我自己非常喜歡的一個專欄，我眞希望能永遠霸著永不下檔！但是這當然是不可能的啦，由於結集在即，今天隆重宣佈下檔，感謝大家長久以來的支持與愛護。此外，在下檔日，也還有一點眞心話想和大家聊聊。

先從看電視說起。我注意到很多常住在大陸的台灣人都會裝小耳朵，每天仍然花很多時間在收看台灣的電視節目，最初這實在滿讓我費解，因爲我自己就是受不了台灣的電視節目特別是新聞節目才不想繼續待在台灣的，如果離開台灣還一直要看台灣的電視節目，那何必還要離開呀！

接著我又想到，其實台灣人不僅是移民到大陸是這樣，很多台灣人不管是移民到美國、加拿大或澳洲等地，也都會裝著小耳朵，天天定時收看台灣的節目，就彷彿還在台灣時一樣。

除了電視節目，他們往往也都在華人區走動，只跟台灣人來往，總之，雖然身在異鄉，台灣人總是自成一個團體。

我在大陸接觸過不少台灣同胞，其中很多人還都來得比我早，可是我發現很多人都不看大陸的報章雜誌，也不看大陸的電視節目，他們對大陸的了解其實比待在台灣時高明不了多少，仍然充滿著許多想當然爾的見解，很多見解非常幼稚無知，而他們回到台灣時還會把這些錯誤的看法不斷傳播！

「想當然爾」永遠不可能達到眞正的了解。又比如很多台灣的朋友總認爲大陸資訊封閉，我這幾年常住在大陸一定是跟呆子一樣，什麼也不知道，這也是一種「想當然爾」。實際上我覺得有些人雖然住在號稱資訊開放、資訊爆炸的台灣，但他們資訊封閉的程度卻十分令人吃驚。

孩子們在學習的過程中，總是要依賴運用已有的經驗和知識產生聯想去了解新的事物，可是對一個人、一個社會、和一個環境，若過分依賴已有的經驗去聯想，就很容易「想當然爾」，最後很可能會因此總結出錯誤的結論而毫不自知。

只要我關心台灣——我當然關心，這可是我住過四十一年的地方！——我就不可能不知道台灣的最新動態，只不過有好些垃圾新聞我覺得就算是錯過了不知道也沒有損失。另一方面，既然住到了一個新的環境，我也不喜歡老躲在台灣人的小圈圈裡，我希望能夠以比較開放和善意的心態來認識和了解我們所身處的環境。

東東的一個高中老師曾經說覺得東東已經像「半個南京人」，東東告訴我，他把這句話視爲讚美，他覺得這正是自己的優勢。因爲，台灣好的一面他並沒丟，但與此同時他也學習吸收了大陸好的那一面。

有道是「海納百川」，聰明人和有自信的人是不會把自己封閉起來的；這樣才能夠不斷學習，使自己更臻完善啊！

專欄要暫告一個段落了，而在眞實生活中，我和東東丁丁在南京的日子還將繼續。歡迎大家有機會來南京作客，南京値得看的地方是很多很多的。

INK PUBLISHING
POINT 14

好命女王——胖媽快活日記

作　　者	管家琪
總 編 輯	初安民
責任編輯	陳思妤
美術編輯	黃昶憲
校　　對	陳思妤　管家琪
發 行 人	張書銘
出　　版	INK 印刻文學生活雜誌出版有限公司 台北縣中和市中正路 800 號 13 樓之 3 電話：02-22281626 傳真：02-22281598 e-mail:ink.book@msa.hinet.net
網　　址	舒讀網 http://www.sudu.cc
法律顧問	漢廷法律事務所 劉大正律師
總 代 理	展智文化事業股份有限公司 電話：02-22533362 · 22535856 傳真：02-22518350
郵政劃撥	19000691 成陽出版股份有限公司
印　　刷	海王印刷事業股份有限公司
出版日期	2008 年 9 月　初版
ISBN	978-986-6631-21-4

定價　280 元

國家圖書館出版品預行編目資料

好命女王——胖媽快活日記／管家琪著；
--初版，--臺北縣中和市：INK 印刻文學，
2008.09　面；　公分（Point ；14）
978-986-6631-21-4（平裝）

855　　　　97011908

K INK INK INK INK INK INK
NK INK INK INK INK INK IN
K INK INK INK INK INK INK
NK INK INK INK INK INK IN
K INK INK INK INK INK INK
NK INK INK INK INK INK IN
K INK INK INK INK INK INK
NK INK INK INK INK INK IN
K INK INK INK INK INK INK
NK INK INK INK INK INK IN
K INK INK INK INK INK INK
NK INK INK INK INK INK IN
K INK INK INK INK INK INK
NK INK INK INK INK INK IN
K INK INK INK INK INK INK
NK INK INK INK INK INK IN
K INK INK INK INK INK INK
NK INK INK INK INK INK IN
K INK INK INK INK INK INK
NK INK INK INK INK INK IN
K INK INK INK INK INK INK
NK INK INK INK INK INK IN
K INK INK INK INK INK INK
NK INK INK INK INK INK IN
K INK INK INK INK INK INK

INK INK INK INK INK INK
NK INK INK INK INK INK IN
INK INK INK INK INK INK
NK INK INK INK INK INK IN
INK INK INK INK INK INK
NK INK INK INK INK INK IN
INK INK INK INK INK INK
NK INK INK INK INK INK IN
INK INK INK INK INK INK
NK INK INK INK INK INK IN
INK INK INK INK INK INK
NK INK INK INK INK INK IN
INK INK INK INK INK INK
NK INK INK INK INK INK IN
INK INK INK INK INK INK
NK INK INK INK INK INK IN
INK INK INK INK INK INK
NK INK INK INK INK INK IN
INK INK INK INK INK INK
NK INK INK INK INK INK IN
INK INK INK INK INK INK
NK INK INK INK INK INK IN
INK INK INK INK INK INK
NK INK INK INK INK INK IN